O'r Dirgel

Storïau Ias ac Arswyd

Golygydd: Irma Chilton

GWASG GOMER
1987

Argraffiad cyntaf — Gorffennaf 1987

ISBN 0 86383 303 9

ⓗ Gwasg Gomer, 1987

Cyhoeddwyd dan gynllun comisiynu'r Cyngor Llyfrau Cymraeg.

Dymuna'r cyhoeddwyr gydnabod cymorth a chyfarwyddyd Adrannau'r Cyngor Llyfrau Cymraeg a noddir gan Gyngor Celfyddydau Cymru.

J. D. Lewis a'i Feibion Cyf., Gwasg Gomer, Llandysul, Dyfed

Rhagair

Ydych chi'n credu mewn ysbrydion a bwganod a rwtsh felly? Nac ydych, wrth reswm. Phrofoch chi erioed deimlad annifyr wrth fentro i'r tywyllwch na theimlo ias yn cerdded eich croen wrth eistedd yn y tŷ ar eich pen eich hun. Fydd yr isymwybod ddim yn chwarae triciau ar eich synnwyr cyffredin. Rydych chi'n fod rhesymol, ac felly, fe allwch ddarllen y gyfrol hon yn gwbl ddibetrus.

Ond os oes rhyw grafu anesmwyth ar ymylon eich meddwl ambell waith; os oes cysgodion yn ymledu drwy'ch breuddwydion o'r dirgel fannau hynny sydd y tu hwnt i reswm—yna, cymerwch ofal. Straeon wedi'u lleoli yn y mannau tywyll hynny sy dan yr wyneb ydi'r rhain; straeon sy'n datgelu'r cyfrinachau hunllefus hynny sy'n poeni pawb, heblaw amdanoch chi, efallai, nawr ac yn y man.

Irma Chilton

Cynnwys

Stori Lois—Mair Wynn Hughes

'Ww-wwps!'

'Ia, dal dy afael, Dwynwen,' cynghorodd Rheinallt
Thomas. Gogwyddodd y car i'r dde'n sydyn fel y
disgynnodd yr olwyn i bant anferth ar y ffordd gar-
egog. 'Drat . . . ma'r ffordd 'ma'n dyllau i gyd.'

'Oes 'na lot o ffordd eto?' gofynnodd Dwynwen.

'Na . . . aros di.'

Arafodd ei hewythr y car ar safle godidog uwch y
dyffryn.

'Dacw fo. Y bwthyn gwyngalchog 'na wrth yr
afon. Dyna Tawel Hedd.'

'Grêt.' Gwenodd Dwynwen yn fodlon.

Pwysodd yn ôl yn ei sedd a'i dychymyg yn carlamu
fel yr ailgychwynnodd ei hewythr y car. Roedd hi
wedi edrych ymlaen at y gwyliau yma ers misoedd
bellach, cyn gynted ag y clywodd hi am fwthyn haf
newydd ei modryb a'i hewythr. Tawel Hedd. Blas-
odd yr enw ar ei thafod a dechreuodd y disgrif-
iadau eu gosod eu hunain o flaen ei llygaid. Lli
cysglyd yr afon yn cusanu'r gro . . . suo'r pryfetach
ym mlodau'r ardd . . . a siffrwd yr awel yn deffro'r
dail. Ysai'i bysedd am bin a phapur i'w cofnodi.

'Wel, Dwynwen, wyt ti'n 'i licio fo?'

Sbonciodd o'i dychymyg. Roedden nhw wedi
cyrraedd. Llygadodd bobman yn awchus. Roedd
Tawel Hedd yn union fel y dychmygodd hi ef.
Bwthyn hir isel a'i furiau gwyngalchog fel pe
buasen nhw'n tyfu o'r pridd, ffenestri bychain
siriol yn pefrio arni, blodau'r ardd yn gorlifo'n

ddryswch lliwgar . . . a'r coed yn gwargamu uwch yr afon. Neidiodd o'r car.

'Grêt. Jest grêt, Wncwl Rhein.' Chwifiodd ei breichiau fel petasai am gofleidio'r cyfan. 'Edrychwch ar y coed 'na. Lleianod hiraethus yn wylofain uwch y dŵr.'

Chwarddodd ei hewythr a throdd i dynnu'r cesys o'r car.

'Ti a dy ddychymyg. Faint ydi dy oed ti, dywed?' Pefriodd llygaid Dwynwen yn ôl arno.

'Pymtheg, Wncwl Rhein,' meddai'n wylaidd. 'Ond ma eisio dychymyg i fod yn awdures, yn does? A dyna ydw i am fod, 'te.'

Ymddangosodd ei modryb ar stepan y drws.

'Dwynwen . . . croeso, 'ngenath i.'

'Anti Catrin . . .' Rhuthrodd Dwynwen i'w chofleidio. 'Rydw i wrth fy modd yn dŵad atoch chi. Ma'r lle 'ma'n grêt, Anti Catrin. Rydw i'n dyheu am archwilio pob cornel ohono.'

Tynhaodd braich ei modryb amdani fel yr arweiniodd hi i'r lobi.

'Mae gen ti ddigon o amser,' chwarddodd.

'Oes, yn does?' oedd yr ateb bodlon. Edrychodd Dwynwen o'i chwmpas. 'Ma'r lle 'ma'n *hen*, yn tydi? Mi sgwenna i stori amdano fo, Anti Catrin. Stori . . . O . . . wn i ddim be eto. Ond stori . . .'

'Ma swper yn barod,' meddai'i modryb. 'Rwyt ti bron â llwgu erbyn hyn, debyg.'

'Mm-mmm!'

Syllodd Dwynwen yn freuddwydiol trwy ddrws y lolfa. Edrychodd Catrin a Rheinallt Thomas ar ei gilydd a rhanasant wên.

'Swper! Mi gei ryfeddu eto,' meddai'i modryb. 'Dos â'r cesys 'na i'r ystafell bella, Rheinallt.'

Dilynodd Dwynwen ei hewythr ar hyd llawr anwastad y coridor nes cyrraedd ystafell heulog ym mhen draw'r bwthyn.

'Swper 'mhen pum munud ddeudodd dy fodryb. Iawn?'

'Iawn, Wncwl Rhein.'

Safodd Dwynwen wrth y gwely a'i llygaid yn crwydro'r ystafell. Del. Byseddodd y cwrlid blodeuog ar y gwely a dotiodd at sgert gwmpasog y bwrdd gwisgo ac at y llenni a gyfatebai iddo. Roedd ôl llaw gelfydd ei modryb arnynt i gyd. Suddodd ar y gwely'n freuddwydiol. Rywsut, fe wyddai mai llofft geneth fu hon erioed. Caeodd ei llygaid am ennyd a thyfodd y sicrwydd.

Ia, llofft geneth. Gallai ddychmygu rhywun ieuanc yma . . . 'mhell yn ôl . . . oes Fictoria efallai. Rhywun efo ffrog laes a'i gwallt yn gadwynau modrwyog at ei hysgwyddau . . . rhywun a syllai trwy fariau'r ffenest ar ryddid yr ardd. Rhywun fel . . . Lois.

Ymgartrefodd yr enw yn ei meddwl. Lois. Lois wallt melyn a eisteddai yn ei hystafell unig . . . yn . . . ofni? Fe deimlai'n siŵr o hynny. Ofni! Ymledodd cryndod trwyddi fel yr ysodd yr un ofn trwyddi hithau a chrebachodd ei gewynnau.

Trodd ei llygaid i gyfeiriad y drws. Oedd sŵn cerdded o'r tu allan . . . oedd sŵn allwedd yn y clo . . . a gwich araf drws ei charchar? Llyncodd boer yn boenus.

'Wel, nefi bliw, hogan. Rydw i'n gweiddi fy hun yn groch o'r lobi 'na. Meddwl dy fod ti wedi syrthio i gysgu.'

Llygadodd Catrin Thomas hi.

'Wyt ti'n iawn? Dim cur yn dy ben ar ôl y siwrna?'

Am eiliad fe'i teimlodd Dwynwen ei hun yn crogi rhwng dau fyd ... yna ffrydiodd realiti'r gyda'r nos heulog yn ei ôl.

'O na ... rydw i'n iawn, Anti Catrin.' Neidiodd Dwynwen oddi ar y gwely fel pe buasai'n ceisio ffoi oddi wrth rywbeth. 'Dŵad rŵan,' meddai'n frysiog.

Ond ataliodd rhywbeth hi wrth y drws a'i gor-fodi i edrych tua'r ffenest. Am eiliad nofiodd bariau o flaen ei llygaid. Bariau? Yna ysgydwodd ei phen. Ei dychymyg a chwaraeai driciau â hi. Ond fe wnâi stori dda. Stori Lois. Fe ddechreuai arni heno nesaf.

Ffurfiodd y dechreuad yn ei meddwl fel y dilynodd ei modryb. Dyddiadur Lois.

Mae 'Nhad wedi marw ers blwyddyn bellach ... a Mam hefyd. Damwain. Lois Cadwaladr ydw i ... perchen Tawel Hedd, ac mae 'modryb a f'ewythr yma'n gwmpeini imi. Ond dydw i ddim yn eu hoffi nhw. Ddim ers iddyn nhw galedu'u calonnau tuag ata i.

'Salad, Dwynwen?'

'B-be? O ... diolch.'

'Breuddwydio eto, Dwynwen?' pryfociodd ei hewythr. 'Catrin, mi fydd gynnon ni awdures o fri yn y teulu 'ma ryw ddiwrnod.'

Ond fe lifai'r geiriau yn ei meddwl.

12

Mae fy mhethau i 'n diflannu fesul un ac un. Siwsi, fy nghi bach a ddiflannodd ddoe. Mi fuo mi'n gweiddi a gweiddi . . . Fuo gen i 'rioed gi, meddai f'ewythr. Ond mi wn i'n wahanol. Yn gwn?

'Gest ti ddigon, Dwynwen? Mwy o bwdin?'

'Ew, na, diolch, Anti Catrin. Jest â byrstio fel rydw i.'

Sut y medrech chi ogwyddo rhwng dau fyd, meddyliodd yn ddryslyd, a sut yr oedd hi mor siŵr o'r stori a dyfai yn ei phen?

'Mi helpa i chi i olchi'r llestri, Anti Catrin.'

'Iawn, 'ngenath i.'

Fy masged wnïo a ddiflannodd heddiw. Y fasged honno a gefais i gan Mam. Ond mae'r siswrn arian ar ôl; y siswrn blaenllym, hir. Roedd o wedi syrthio tu ôl i'r bwrdd gwisgo. Fe'i cuddiais i o o dan y carped. Tra mae o yno . . . mi ymafla innau yn fy llawn bwyll . . . waeth beth ddywedith f'ewythr.

Sychodd Dwynwen y llestri'n synfyfyriol.

'Ydach chi'n gwybod rhywfaint o hanes y bwthyn 'ma, Anti Catrin?'

'Na. Pam wyt ti'n gofyn?'

'O . . . dim ond . . . meddwl.'

Wedi helpu'i modryb fe grwydrodd i lawr at yr afon. Safodd yno am funudau hir a'i llygaid synfyfyriol ar rediad araf ei dyfroedd. Mor llonydd . . . mor ddistaw oedd pobman. Fe deimlai'n rhan o'r cyfan, fel pe buasai hi wedi camu i gampwaith arlunydd a chael ei rhewi yno am byth o dan gyffyrddiad ei frws. Teimlad rhyfedd.

Heddiw, mi es i lawr at yr afon . . . am y tro diwethaf. Rywsut mi wn i hynny. Syllais ar y dŵr a gweld fy wyneb . . . fe'i cyffyrddais â'm bys a'i wasgaru'n donnau symudol . . .

Denwyd llygaid Dwynwen at lonyddwch y pwll bychan a grynhoai wrth y lan ac at gochni olaf yr haul fel yr edwinai'n gyndyn o'i wyneb. Fe safodd yn yr union fan o'r blaen, fe syllodd ar yr union beth ac fe blygodd at ddrych ei ddyfroedd. Do . . . ryw dro.

Syllodd i'r dŵr. Ei hwyneb arferol a welai yno . . . y llygaid glas a'u haeliau duon, y gwallt byr lliw brân . . . y hi ei hun. Ac eto fe ddisgwyliai weld rhywun arall. Pam? Rhoes ei bys yn y dŵr a chwalu'r darlun yn donnau byw. Pwy a ddisgwyliai hi ei weld? Lois?

Wfftiodd ati'i hun, ond eto . . . Gwnaeth osgo i godi. Yna fe'i hataliodd ei hun, a'r anadl yn baglu'n boenus yn ei gwddf. Edrychai wyneb arall arni o'r dŵr! Geneth â'i gwallt yn fodrwyau lluosog at ei hysgwyddau . . . geneth mewn ffrog hen-ffasiwn. Yna fe ymdoddodd y darlun yn ddim o flaen ei llygaid. Pan graffodd hi eilwaith, ei hwyneb cyfarwydd hi ei hun a welai.

Dychymyg. Wrth gwrs mai dychymyg oedd o. Meddwl am sgrifennu'r stori a . . .

'Dwynwen . . .'

Rhuthrodd ofn tymhestlog trwyddi . . . mwy o ofn nag a deimlodd hi erioed o'r blaen. Trodd i wynebu'i hewythr. Agorodd ei cheg i sgrechian a chiliodd gam sydyn yn ei hôl. Baglodd ei sawdl yn ei ffrog laes, llithrodd . . . ymdrechodd i'w hachub ei hun . . . yn ofer. Disgynnodd wysg ei chefn i'r afon.

14

'Dwynwen . . . be ar y ddaear . . . ?'

Teimlodd ddwylo cryf ei hewythr yn ei thynnu o'r dŵr a'i fraich yn dynn amdani fel yr arweiniai hi tua'r tŷ.

'Nefi, hogan, rwyt ti'n wlyb socian. Wnes i dy ddychryn di?'

Am eiliad fe deimlodd Dwynwen ddefnydd tenau'i ffrog a'i phais yn gludio i'w fferau a'r gwallt modrwyog yn diferu at ei hysgwyddau . . . am eiliad. Yna fe wasgai tyndra'r jîns gwlyb am ei chluniau ac fe aflonyddai'r dŵr rhwng bysedd ei thraed yn ei thrainers.

'Wncwl Rhein . . .'

'Welis i ddim o'r fath. Un munud roeddet ti'n sbio arna i fel pe buaset ti wedi gweld drychiolaeth . . . a'r funud nesa roeddet ti'n chwalpio fel hwyaden yn y dŵr. Baglu wnest ti?'

'I . . . ia.'

Sut y medrai hi egluro'r ofn a deimlodd hi wrth wynebu'i hewythr? Ofn Wncwl Rhein o bawb! Dechreuodd grynu.

'Wyt ti'n oer? Mynd i dy wely gyntad medri di ydi'r gora a gadael i dy fodryb ddŵad â photel ddŵr poeth iti.'

'I . . . ia.' Dechreuodd ei dannedd glecian.

Efallai mai rhyw fath o hunllef a gafodd hi. Swatiodd rhwng y dillad a gwasgu'r botel ddŵr poeth ati'i hun.

'Tria di gysgu, 'ngenath i. Haf neu beidio, dydi trochfa ddim yn beth i chwara efo fo. Wn i ddim be fuasa dy rieni yn ei ddweud taset ti'n cael rhyw aflwydd yma.'

15

Llygadodd Dwynwen wyneb poenus ei modryb. Ai masg i guddio'r gwir oedd o? Ofnai iddo gyfnewid fel y gwnaeth wyneb ei hewythr wrth yr afon . . . a dangos yr atgasedd oddi tanodd. Ond Anti Catrin oedd hi, yntê? Anti Catrin â'i hwyneb cartrefol a'i gwallt yn ffrâm o donnau twt ar ei chorun . . . Anti Catrin a daenai eli ar bob briw iddi erioed. Caeodd ei llygaid a gadawodd i'w blinder sydyn ei chludo ymaith ar afon cwsg.

Deffrôdd yn esmwythder mynyddig y gwely plu trwchus a'i lenni lês yn grychau boliog o bobtu'i phen. Disgleiriai lleuad lawn trwy fariau'r ffenest a chyrhaeddai'i olau oeraidd i ysgafnhau cysgodion tywyll y dodrefn hen-ffasiwn. Crogai siampler ar y mur. Sefydlodd ei llygaid arno. Brodwaith o dŷ a'r gair 'Cartref' oddi tano.

Tybed ai hi a'i gwnïodd? Ryw dro . . . ers talwm . . . yn y dyddiau hapus rheini yng nghwmni'i thad a'i mam? Ond fe honnai'i hewythr mai breuddwyd oeddynt. Breuddwydion Lois wirion wallgof . . . y Lois a garcharwyd yma rhwng pedair wal ei hystafell a bariau'r ffenest yn ei gwahardd rhag rhyddid yr ardd.

Fe gollodd ei gafael ar wirionedd a chelwydd erbyn hyn. Prun oedd prun? Lois wirion wallgof. Dyna eiriau'i hewythr . . . a'i modryb. Oedd hi'n wirion . . . a . . . gwallgof? Weithiau roedd hi'n sicr mai celwydd oedd eu geiriau. Weithiau . . . pan afaelai hi yn y siswrn arian. Ond . . . dro arall, fe syllai arni'i hun yn y drych a chanfod dieithryn yno. Dieithryn gydag wyneb llwyd difywyd a llygaid llosg, dieithryn a melyn ei gwallt yn llipa aflêr at ei hysgwyddau.

Dro arall fe orweddai yn niogelwch twyllodrus y
gwely plu a chlustfeinio fel y llithrai'r sibrydion yn
ogleisiol frwnt o amgylch yr ystafell . . . fel y gwnaent y
funud yma.

'Gwallgof . . . Lois wallgof.'

Byrlymodd sgrech i'w gwddf. Tric oedd o . . . rhywun
am ei dychryn . . . am ei gyrru'n wallgof . . . dych-
ymyg . . .

Agorodd y drws a daeth ei modryb a'i hewythr i
mewn. Sgrechiodd hithau o ddifri a cheisiodd ymladd ei
ffordd o'r gwely. Gwenai'r ddau'n ddirmygus arni a
lledaenai'r anfadrwydd tros eu hwynebau.

'Na . . . na, dydw i ddim yn wallgof. Twyll ydi'r
lleisiau . . . twyll ydi popeth. Na . . .'

'Dwynwen . . . Dwynwen. Cael hunllef wyt ti.'

'Dydw i ddim yn wallgof. Chlywais i mo'r lleis-
iau. Naddo . . . naddo.'

Gafaelodd Catrin Thomas yn dynn ynddi.

''Ngenath bach i. Dy Anti Catrin sy 'ma. Rwyt
ti'n ddiogel rŵan.'

Syllodd yn boenus ar ei gŵr.

'Ma'i chorff hi fel tân. Well inni gael y doctor,
dywed?'

Agorodd Dwynwen ei llygaid. Am eiliad roedd-
ynt yn llawn o ofn a dryswch, yna fe gliriasant.

'Anti . . . Catrin. Rydw i'n boeth. Eisio . . .
diod.'

'Llymaid araf, 'ngenath i. Yli, mi molcha i dy
wyneb a'th ddwylo. Mi deimli'n well wedyn.
Rydw i'n meddwl mai ffonio'r doctor ydi'r gora.'

'O . . . na. Rydw i'n well rŵan. Wedi ichi
dynnu'r bariau.'

'Bariau?'

'Ar y ffenest. Does mo'u heisio nhw, yn nac oes, Anti Catrin?'

'Nac oes siŵr,' oedd yr ateb tawel. 'Tria gysgu rŵan.'

Aildrefnodd ei modryb y cwrlid a safodd am ennyd i syllu arni cyn dilyn ei gŵr tua'r drws.

'Ffonia, Rheinallt. Fydda i ddim yn dawel fy meddwl nes y bydd rhywun wedi'i gweld.'

Gorweddodd Dwynwen ar wastadrwydd y fatres sbring a'i meddwl yn crwydro'n araf. Stori Lois. Byddai'n rhaid iddi'i gorffen. Lois wallt melyn . . . Lois . . . wallgof . . . Lois garcharor.

Roedden nhw'n dod i'w nôl heddiw. I'r gwallgofdy. Dyna ddywedodd ei hewythr a gwên ar ei wyneb.

'Difai lle iti. Fedr dy fodryb a minna ddim ymlafnio rhagor efo ti. Ddim efo rhywun gwallgof.'

'Dydw i ddim . . .'

'Nac wyt?' Yr un hen wên eto. 'A thitha'n clywed lleisiau . . . ac yn dychmygu pethau? Ddim yn cofio pwy wyt ti?'

'Lois ydw . . .'

'O ia, dyna dy enw. Ond pwy wyt ti? Perchen Tawel Hedd? Na, yma'n amddifad ar drugaredd dy fodryb a minna'r wyt ti.'

Na . . . na, fe waeddai'i meddwl. 'Nhad *oedd piau fo. Rydw i'n cofio Mam yn eistedd wrth y ffenest a'i gwallt euraidd yn goron ar ei phen, a* 'Nhad *yn cyrraedd adref gyda'i ferlyn a'r cert. Rydw i yn cofio.*

''Nhad oedd piau fo . . .'

'Ma dy dad wedi dy adael ers blynyddoedd . . . ddim o dy eisio di . . . a thitha'n wallgof.'

18

'Na . . . na . . .

'Ia . . . ia.'

Distawrwydd eto a neb ond y hi yn unigrwydd y pedair wal . . . ei drws ar glo . . . a hithau'n disgwyl . . . disgwyl . . . Roedd sŵn ceffyl a choets tu allan, coets gaeëdig i gludo Lois wallgof ymaith.

Byth! Fe arhosai yma rhwng pedair wal ei charchar . . . hyd dragwyddoldeb. Neidiodd o'r gwely a phalfalu'n frysiog ffrwcslyd o dan gornel y carped. Ymaflodd yn y siswrn cudd.

'Diolch ichi am ddŵad, doctor. Gweld gwres ofnadwy gan Dwynwen. Mi syrthiodd i'r afon. Wn i ddim ddaru hi daro'i phen ai peidio. Mae rhywun yn poeni mwy am blentyn rhywun arall, yn tydi?'

'Popeth yn iawn, Mrs Thomas. Mi ga i olwg arni.'

Dynesai'u traed ar hyd y coridor, ond roedd hi'n barod. Cododd y siswrn fel y trowyd yr allwedd yn y clo.

'Dwynwen . . . ar dy draed? O'r nefo . . . be wyt ti'n 'i wneud?'

Gwenodd Lois yn fuddugoliaethus arnynt cyn taro'r siswrn yn ddwfn i'w mynwes . . . gwenodd eiliad eto . . . siglodd . . . yna cwympodd yn farw wrth eu traed. Châi neb ei chludo ymaith o'r ystafell hon. Fe arhosai yma . . . am byth!

19

Y Llais—Meinir Pierce Jones

Cychwynnais i Dywyn Fawr yn gynnar ar ôl cinio ar yr ail ddydd Mercher ym mis Hydref. Mynd yno i gynnal fy nghyfweliad cyntaf fel ymchwilydd hanes lleol yr oeddwn. Job am flwyddyn oedd hi, ar gyflog bach, ond roedd hynny'n well na dim, yn well o lawer na chodi dôl. Byddai holi Elidir Lewis, perchennog y stâd a chymeriad go arbennig yn ôl sôn pobl, yn sialens ac yn gychwyn cyffrous i'r prosiect.

Edrychai'r wlad ar ei gorau ac roedd hi'n braf cael gyrru Fiesta glas Mam fel pe bawn i'n berchen arno; gyda'r offer recordio a'm ffeiliau ar y sedd wrth f'ochr, allwn i ddim peidio â theimlo'n bwysig.

Roedd y ffordd i Dre-gaer yn ddieithr i mi—allwn i ddim cofio gyrru ar hyd-ddi erioed o'r blaen—ac eto roedd rywsut yn gyfarwydd. Gwyddwn am bob tro a phant yn reddfol cyn eu cyrraedd a throis ar y dde heb betruso ar gwr Tre-gaer. Doedd y giât haearn wen yng ngheg lôn Tywyn Fawr ddim yng nghaead a gyrrais yn fy mlaen dros y grid gwartheg ac i fyny at y tŷ.

Tŷ cerrig oedd o, tŷ llwyd nobl â ffenestri hir, ac o'i flaen lawntiau gwastad a llwyni rhododendron.

Wrth i mi yrru'r car rownd i'r cefn a pharcio ar y graean gallwn weld fod y lle wedi dirywio'n o arw. Doedd dim blodau yn y borderi ac roedd fframau ffenestri'r tai gwydr yn weigion—fel tyllau llygaid mewn penglog. Roedd rhywun wedi torri'r gwellt yn ddiweddar ond yna wedi'i adael yn dociau heb ei hel ar y lawnt. Yn y cefnau roedd hen sachau tatw a dau feic rhydlyd yn pwyso ar dalcen y tŷ, a wyngalchwyd rywdro ond a edrychai'n bŷg iawn yn awr. Rwy'n cofio meddwl bryd hynny ei bod yn drueni fod lle bonheddig fel hwn wedi mynd mor ddi-raen.

Ar ôl parcio, trewais strap yr *uher* (y peiriant recordio) dros f'ysgwydd a gweddill y gêr mewn hen fag chwaraeon. At ddrws y ffrynt yr es i, a churo.

Elidir Lewis ei hun a agorodd y drws.

'O, dyma chdi,' ebe'r hen ŵr tal, fe pe bai'n f'adnabod, bron. Edrychodd yn graff arnaf nes peri i mi deimlo'n annifyr. 'Dyn y project, debyg.'

Gwisgai siwt frethyn frown, pwlofyr lwyd, a theibo coch am ei wddf. Ni allai gelu ei chwilfrydedd, a daliai i rythu arnaf. 'Well i ti ddŵad heibio. Mae 'na ddrafft yn dŵad trwy'r drws 'ma.'

Camais dros y trothwy ac edrychais o 'nghwmpas. Roeddwn yn sefyll mewn neuadd eang, a grisiau derw llydan yn arwain o'i chanol i'r llofftydd. Ar y waliau roedd hen luniau olew o hynafiaid y teulu—pendefig gwritgoch, gwraig ganol oed mewn dillad crêp du, a llanc ifanc mewn lifrai milwr a chap pig. Roedd pobman yn lân fel pin mewn papur ac eto roedd yna aroglau hen, trymaidd lond y neuadd.

'Be ydi d'enw di?' holodd Elidir Lewis yn sydyn o'r tu cefn i mi. 'Ddeudodd y dyn yn yr offis ddim.'

'Naddo?' meddwn yn syn. 'O, Talfryn ydw i. Talfryn Pritchard.'

'Talfryn.' Ailadroddodd yr hen ŵr f'enw bedydd

yn araf, fel petai'n hen gyfarwydd ag ef. 'Lle ce'st ti enw fel'na? Enw hen-ffasiwn.'

'Enw hen gariad i nain Dad,' atebais innau gan chwerthin. 'Neu felly clywes i o'n dweud unwaith.'

'Mi awn ni i'r parlwr bach,' ebe Elidir Lewis yn swta ar hynny. Cerddodd heibio i mi at ddrws ar y dde. 'Mae 'ma dân yn fan'ma. Tyd yn dy flaen, *Talfryn*.'

Doeddwn innau ddim yn or-hoff o f'enw a chawn fy mhryfocio ar ei gorn yn aml. ' ''Tal'' fydd yr hogia'n 'y ngalw i,' meddwn i'n hwyliog gan gamu i'r parlwr, 'gwnewch chitha, os ydi o'n well gynnoch chi.'

Ond anwybyddodd yr hen ẁr fy sylw. Eisteddodd yn y gadair agosaf at y tân, hen gadair fawr a gorchudd *chintz* glas drosti, ac estyn ei ddwylo main i'w cynhesu. 'Stedda i ni gael dechra, neu mi fyddi yma drwy'r dydd.'

Eisteddais yn y gadair gyferbyn a gosod y peiriant recordio ar fwrdd bach isel wrth f'ymyl. Estynnais y meic o'r bag a'i sgriwio i'w le, ac yna rhoddais dâp glân ar y troellydd a'i fachu wrth y rîl wag, fel y dysgwyd fi. Pwysais y botwm recordio a throdd y ddwy rîl yn bwyllog. Yna, rhag i mi wneud poitsh o bethau y tro cyntaf, tynnais nobyn y batris i'w tsiecio a gwibiodd y nodwydd i ben y cloc. Roedd popeth yn barod.

'Am be rwyt ti am fy holi?' gofynnodd Elidir Lewis. Edrychodd yn amheus ar yr *uher*. 'Weithith hwnna i ti?'

'Wel, gwnaiff gobeithio,' atebais yn hyderus. Yna meddwn, 'Am yr hen gymdeithas pan oeddech chi'n hogyn—y gweision a'r morynion oedd yn byw yma, diwylliant y capal . . .'

'Eglwyswr ydw i.'

'Wel, y ffordd o fyw, ers talwm, eich teulu chi . . .'

'Hmm,' grwgnachodd yr hen ŵr, 'hen godl wirion. Rydw i'n hanner difaru.'

'O, wna i ddim busnesu,' addewais, 'wir rŵan. Soniwch chi am be liciwch chi.'

'Hmm,' ebe Elidir Lewis wedyn. 'Wel, o'r gora, 'ta. *Fire away.*'

Pwysais y botwm chwarae a'r botwm recordio'n ufudd a gofyn, fel pe bawn i'n adrodd mewn steddfod: 'Mr Lewis, sut oedd bywyd yn y plas hwn pan oeddech chi'n hogyn?'

Dadmerodd yr hen ŵr yn rhyfeddol ar ôl i ni ddechrau sgwrsio; anghofiodd y cwbl am y peiriant a bwriodd iddi i hel atgofion am yr hen amser, bywyd y boneddigion a hwyl yr hogiau yn y llofft stabl. Erbyn i ni orffen, roedd hi'n tynnu at amser te. Aeth yr hen ŵr drwodd i'r cefn i wneud cwpanaid i ni, gan rwgnach fod ei howscipar wedi mynd i jolihoetio i'r dref. Dechreuais innau gadw'r gêr yn drefnus, gan gofio sicrhau fod y sgwrs gyfan yn ddiogel gennyf ar y tâp.

'Wel, does gin i ddim ond diolch i chi,' meddwn, gan roi'r gwpan wag ar y bwrdd bach a chau sip f'anorac. Doeddwn i ddim wedi'i thynnu tra bûm yno. Dim ond dyrnaid o dân oedd yn y grât. 'Mi fydd eich sgwrs chi'n ddechra grêt i'r prosiect.'

'Ydi hi gin ti rŵan?'

'Ydi,' meddwn, yn hyderus.

Roeddwn i ar binnau eisiau cyrraedd adref i mi gael chwarae'r tâp i Mam, i gael gwybod be feddyliai hi ohono. Ymddiddorai mewn hanes lleol ac ella y byddai hi neu Dad yn cofio rhai o'r cymeriadau y soniasai Elidir Lewis amdanynt.

Ond fy siomi a gefais i pan gyrhaeddais y Winllan. Roedd teulu Tŷ'n Pwll wedi landio acw'n un haid, ar eu ffordd o Landudno, a Mam ym mhen ei helynt yn gwneud swper iddynt i gyd. Penderfynais gadw fy stwff recordio yn fy llofft, o gyrraedd bachau busneslyd Derwyn a Gerwyn, a chwarae'r tâp i Mam drannoeth. Rhoddais y cwbl yn daclus yng ngwaelod y wardrob ac yna euthum i lawr y grisiau gyda chalon drom i ddiddori'r efeilliaid.

Roedd hi ymhell wedi un ar ddeg arnaf yn mynd i glwydo erbyn i mi helpu Mam i olchi'r llestri a'u cadw. Bu bron i mi nôl yr *uber* i chwarae'r tâp ar ôl i Tŷ'n Pwll fynd ond roedd Mam wedi blino a Dad yn disgwyl galwad at glaf yn y dref, felly wnes i ddim.

Bûm yn gorwedd yn effro yn fy ngwely am hydoedd, a phrepian Derwyn a Gerwyn a geiriau'r hen Elidir Lewis yn un gybolfa yn fy mhen. Roeddwn i'n gwingo eisiau cael gwrando ar y tâp eto i gael fy nghlywed fy hun yn holi a chlywed atgofion yr hen ŵr. Ond roedd hi'n hwyr iawn, y tŷ'n dawel a Mam yn cysgu am y pared â mi—ac euthum i gysgu yn y diwedd gan edrych ymlaen at y bore.

Deffrois gefn trymedd nos. Am funud ni chofiwn beth oedd ar fy meddwl cyn i mi gysgu ond yn sydyn llifodd y cyfan yn ôl: tâp Elidir Lewis, wrth gwrs! Trewais olwg ar y cloc yn ymyl fy ngwely— ugain munud i bedwar, a minnau fel y gog. Yn y fan a'r lle dyma benderfynu codi a gwrando ar y tâp yn y distawrwydd, i gael gwybod sut y swniai'r sgwrs. Roedd fy chwilfrydedd wedi fy nhrechu. Codais, goleuo'r lamp fach ar y silff lyfrau, taro fy ngŵn gwisgo dros f'ysgwyddau ac estyn yr *uher* a'r tâp o waelod y wardrob.

Bachais y tâp llawn wrth y rîl wag, pwyso'r botwm chwarae ac eistedd ar lawr o flaen y peiriant i wrando.

Ond ni ddaeth yr un smic o sŵn o'r *uher!* Rhyfedd, meddyliais. Codais lefel y sŵn a chwarae ymlaen i ganol y tâp. Dim byd. Dim atgofion gan Elidir Lewis am Dywyn Fawr, dim sïo cols tân y parlwr. Dim oll.

Doeddwn i ddim yn deall. Gwnaethwn bopeth yn y drefn iawn a tsiecio wedyn. Clywswn y sgwrs yn ei chrynswth tra oedd yr hen ŵr yn y cefn yn gwneud te i ni; roedd hi *wedi'i* recordio. Ond yn awr, wrth i mi eistedd a gwrando doedd yna ddim, dim ond mudandod . . .

. . . Nes i mi glywed y llais. Nid cnecian yr hen Elidir Lewis ond llais merch yn galw f'enw i: 'Talfryn . . . Talfryn . . .' Llais merch ag acen ddieithr yn galw, fel petai o bell, arnaf i. 'Talfryn.' Dychryn- ais a tharo'r *stop* yn egr. Allwn i ddim credu 'nghlustiau. Doedd yna'r un ferch yn y plas. Hen ŵr blin a recordiais i'n hel atgofion am y gorffennol.

25

Bagiais oddi wrth y peiriant a llamu'n ôl i 'ngwely gan dynnu'r cwilt dros fy mhen.

Yr oeddwn yn chwys domen pan ddaeth Mam i alw arnaf fore trannoeth, wedi ymgladdu dan y cwrlid am bedair awr yn fy ngŵn gwisgo, pyjamas a slipas. Y cwbl a ddywedais wrthi oedd bod annwyd arnaf ganol nos a'm bod wedi rhoi mwy amdanaf. Wedi'r cwbl, efallai mai hunllef a gawswn ac y byddai popeth yn iawn nawr, gefn dydd golau.

Ar ôl brecwast, gyrrais i'r archifdy ar f'union, a mynd â'r trugareddau recordio i gyd i 'nghanlyn. Penderfynais beidio â cheisio cymorth neb ar y dechrau ac euthum i un o'r stafelloedd ymchwil gwag a chau arnaf yno; doedd arnaf ddim eisiau mentro cael fy ngwneud yn destun sbort. Gosodais yr *uher* ar y ddesg a gosod y tâp yn ei le ac yna arhosais, a'm gwynt yn fy nwrn, i wrando.

Ni ddigwyddodd dim. Ni ddaeth golau'r batri ymlaen ac ni throdd y riliau'r un fodfedd. Pwysais y nobiau i fynd ymlaen yn bwyllog, ac yna yn ôl ac ymlaen yn gyflym. Ond roedd y peiriant yn farw gorn a'r batris, a gawswn yn newydd sbon ddechrau'r wythnos, wedi llwyr ddarfod.

Wyddwn i ar y ddaear beth i'w wneud. Byddai'n rhaid i mi fynd ar ofyn Huw Huws, y technegydd, am fatris a thâp newydd ac egluro wrth y cyfarwyddwr fy mod wedi methu recordio'r sgwrs gydag Elidir Lewis. Teimlwn siom a chywilydd yn gymysg, ac ysfa gref i roi dwrn drwy'r peiriant.

Eithr roedd y cof am lais y ferch a'i hacen Ffrengig yn galw f'enw i gefn nos, 'Talfryn . . . Talfryn . . . ', yn dal i wyniasu 'nghlustiau. Allwn i ddim sôn am hynny wrth Carwyn Richards; byddai'n chwerthin am fy mhen ac yn gwrthod credu. Allwn i ddim dweud fy mhrofiad wrtho a dioddef ei weld yn cellwair neu'n dweud y drefn wrthyf. Dim ond ers tridiau y dechreu'swn ar fy swydd, ac yr oedd blwyddyn o brosiect o'm blaen. Byddai'n rhaid i mi fentro celwydd a mynd eilwaith i Dywyn Fawr.

'Wel, 'machgen i, be fedra i 'i wneud i chi?'

Safwn eilwaith wrth ddrws ffrynt y plas a'r *uher* ar f'ysgwydd. O'm blaen yr oedd gwraig oedrannus mewn oferôl binc *bri-nylon*, a slipas pom-pom am ei thraed. Gafaelai mewn brwsh llawr â'i llaw chwith ac roedd golwg bryderus arni; roedd Mati Williams, howscipar Elidir Lewis, ar ganol llnau.

'Tydw i ddim eisio gwerthu na phrynu dim. Be sgynnoch chi yn y bocs 'na—*magazines*?' A phwyntiodd at gês y peiriant recordio. 'Dim ond Y *Llan* 'dan ni'n gael yma. Tydan ni ddim yn ddarllenwrs mawr.'

Chwarddais, er gwaetha'r pryder oedd ynof, ac meddwn: 'Peiriant recordio llais ydi hwn. Mi fûm i yma ddoe'n recordio Mr Lewis ond mae arna i ofn fod 'na rywbeth wedi digwydd i'r tâp, a meddwl yr oeddwn i tybad fasa Mr Lewis yn fodlon ail-wneud y sgwrs. Mae'n ddrwg calon gin i—'

'Dowch heibio,' meddai Mati Williams yn ddilol. 'Fyddwch chi ddim gwaeth â gofyn iddo fo.'

'Gofyn be?'

Neidiais yn f'unfan o glywed llais yr hen ŵr mor agos ataf a throis fy mhen yn wyllt. Safai ar waelod y grisiau a'i law ar y canllaw yn syllu'n chwilfrydig arnaf.

'Wel, frawd, ddalist ti mohona fi felly!' heriodd, a'r mymryn lleiaf o wawd yn ei lais.

'Eich dal chi?' Doeddwn i ddim yn deall.

'Ar hwnna.' Ac amneidiodd â'i ben i gyfeiriad yr *uber*.

'Problema' technegol,' mwngialais. Yna ymwrolais a gofyn: 'Fasach chi'n fodlon ei wneud o eto, os nad ydi o'n ormod o draffarth?'

Daeth i lawr y gris olaf ac ymlwybro'n fethiannus ar draws y neuadd, gan afael mewn rhyw ddodrefnyn gyda phob cam a gymerai. Yr oedd golwg fregus iawn arno.

'Mati,' meddai, gan ddal drws y parlwr yn agored i mi fynd trwodd, 'gwna de i ni, wnei di?'

Roedd Mati Williams yn gyfnither a chyfeilles i hen ŵr Tywyn Fawr, yn ogystal â howscipar, a phan ddaeth â theisen siocled a brechdanau ham i'r parlwr i ni erbyn diwedd y sesiwn recordio, sylwais fod yna dair cwpan a soser ar yr hambwrdd, a thri phlât bach tsieni. Eisteddodd ar y soffa a dechrau tywallt y te, gan roi dwy lwyaid o siwgr yng nghwpan Elidir Lewis a'u troi'n drwyadl cyn ei hestyn iddo. Cymerodd yntau hi heb ddwedud yr un gair.

'Sut hwyl y tro yma?' holodd Mati Williams fi'n sbriws gan ddal y plât brechdanau o'm blaen. 'Wnaeth o fyhafio i chi?'

'Diolch,' meddwn, gan gymryd brechdan, ac yna 'Do,' heb wybod prun ai at y peiriant ynteu'r traethwr y cyfeiriai'r wraig. Sylwais fod ei llygaid glas golau hi'n pefrio a meddyliais tybed a oedd hi'n pryfocio.

Yr oeddwn wedi cymryd at Mati Williams—atgoffai fi o Nan-nan—a theimlwn yn od o agos ati. Wrth gnoi'r frechdan meddyliais yn sydyn y gallwn holi'n gynnil yn awr i weld a gawn i rywfaint rhagor o wybodaeth. Dim ond am y gweithgareddau 'slawer dydd a'r gymdeithas ymysg y gweision y soniasai Elidir Lewis; ni ddywedasai'r un gair am ei berthnasau.

'Roedd 'na dipyn mwy nag un yn cadw tŷ yma ers talwm,' mentrais, gan edrych i wyneb Mati Williams, 'pan oedd yma deulu.'

'O, oedd, fachgen,' cytunodd, fel pe bai'n siarad â hen gydnabod, 'roedd yma le difyr yr adag honno, er bod yr hen gymdeithas yn chwalu pan oeddwn i'n hogan ifanc, mewn gwirionedd. Yr hen Ryfal Mawr 'na ddifethodd bob dim, ia'n diar, fuo petha' ddim yr un fath wedyn. Pan oedd yr hen Gyrnol . . .'

Daeth rhyw olwg bell i lygaid glas Mati ar hynny. Bu'n dawel, gan sugno'i gwefus isa'n ofidus. Syllai arnaf i, a thrwof i, heibio i mi. Teimlwn braidd yn annifyr ond yr oeddwn ar y dyd o ailddechrau'i holi'n ofalus am yr hen dylwyth pan gafodd Elidir Lewis bwl drwg o besychu nes ei fod yn ei ddyblau, bron. Daliodd ei gwpan wag o'i flaen ac aillenwodd Mati hi'n ufudd a'i hestyn iddo. Daeth ato'i hun yn raddol ar ôl cael te ffres ond fe darfodd y pwl ar yr hwyliau a thorrwyd y sgwrs yn ei blas. Gorffennais innau fy nhe'n gyflym, ac wedi diolch am y croeso a'r cydweithrediad, ffarweliais â'r ddau, am y tro olaf, dybiwn i.

Er fy mod dipyn bach yn siomedig fod y pwl tagu a gawsai Elidir Lewis wedi rhoi terfyn ar y sgwrs rhyngof a Mati Williams, teimlwn yn weddol fodlon wrth osod yr *uher* a'r bag chwaraeon ar sêt pasenjer y Fiesta a tharo 'nghôt odanynt cyn troi tuag adref. Roeddwn wedi llwyddo i ail-wneud y cyfweliad heb lawer o drafferth. Y tro hwn, addewais i mi fy hun, nid awn i ymyrraeth â'r peiriant ganol nos gartref; fe'i gadawn yn y car a mynd ag ef i'r archifdy ben bore trannoeth. Ac fe awn ati i olygu'r tâp yn y stafell gofnodion, lle byddai digon o bobl o 'nghwmpas. Doeddwn i ddim am gael fy nhwyllo am yr eilwaith.

Pan oeddwn ar y *stretch* hir syth rhwng Tre-gaer a Llanfair sylweddolais ei bod yn tywyllu'n gyflym a rhoddais y goleuadau ymlaen. Tua hanner awr wedi pump oedd hi, amser y newyddion, a phwysais fotwm y radio. Ond yn lle llais Robert Thomas yn darllen y bwletin, nid oedd ond sŵn craclo uchel, amhersain. O sbio drwy'r ffenest, sylwais fod yr erial wedi'i chodi. Diffoddais y set; doedd gen i ddim amynedd i ffidlan efo hi ag un llaw. Rhoddais fy nhroed ar y sbardun; byddai'n amser swper ar slap.

Yn sydyn, a'm meddwl ar grwydr, teimlwn fy llygaid yn cael eu tynnu at yr *uher* ar y sedd wrth f'ochr, er nad oedd arnaf fymryn o eisiau sbio arno. Pan edrychais, dychrynais yn fawr. Roedd golau bach y batri wedi cynnau ohono'i hun, ac yn disgleirio fel llygaid bach arnaf. Ac yr oedd y riliau'n troi'n araf ohonynt eu hunain—yn troi'n araf—nid i'r dde fel y dylent, ond i'r chwith—am yn ôl.

Euthum yn chwys gwan drostaf pan gofiais nad oeddwn wedi cadw'r tâp o sgwrs Elidir Lewis, ond wedi'i adael yn y peiriant. Oedd ei eiriau'n cael eu chwalu, eu dileu am byth, wrth i'r riliau fagio drostynt, yn araf fygythiol? Ai dyna a ddigwydd-asai'r noson cynt ond i mi beidio â sylwi yn yr hanner tywyllwch?

Breciais yn ddisyfyd a stopiodd y car. Diffoddais yr injian a syllais, wedi fy mesmereiddio, ar y riliau'n troi yn araf, araf. Wyddwn i ddim beth i'w wneud na sut i'w hatal oherwydd doedd yr un o'r botymau wedi'u pwyso i lawr. A phan gyffyrddais â hwy a cheisio'u trin roeddynt yn amhosibl eu symud, fel pe baent dan rym llaw anweledig.

'Talfryn . . . Talfryn . . .'—y llais. Rhewais yn f'unfan. 'Talfryn . . . fy nghariad i . . .' Y llais ag acen ddieithr, acen Ffrengig, yn galw f'enw i. Llais ar y tâp oedd yn troi am yn ôl.

Taniais yr injian a gyrrais am adref fel ffŵl, gyrru hynny fedrwn i gan geisio cau fy nghlustiau rhag y llais. Gwibiodd y car ar hyd y ffordd ddu . . . chwe deg . . . saith deg . . . wyth deg . . . naw deg . . . Doeddwn i erioed yn fy mywyd wedi gyrru mor wyllt, mor orffwyll.

Peidiodd y llais yn ddisyfyd. Stopiodd y riliau droi. Diffoddodd y golau bach.

Yr oeddwn ar gyrion Llanfair ac arafais dipyn, ac anadlu'n rhwyddach. Tywynnai'r lampau oren yn gyfeillgar a gwelais bobl yn cerdded yn hamddenol ar hyd y stryd. Teimlwn fy nhraed a'm dwylo'n dadmer o'r grepach oedd wedi gafael ynddynt. Yr oeddwn bron iawn wedi cyrraedd adref. O'm blaen roedd neuadd y dref a'r gofeb i'r milwyr a laddwyd yn y Rhyfel Byd Cyntaf. Deuthum i'n stryd ni a throis y car yn ofalus drwy adwy'r Winllan. Drwy ffenest y gegin cefais gip ar Mam yn golchi llestri. Fûm i erioed mor falch o'i gweld.

'Talfryn, mi rwyt ti'n llwyd fel lludw,' meddai hi pan gerddais i mewn drwy ddrws y cefn. 'Wyt ti'n sâl, cyw?'

'Na, dw i'n iawn,' mynnais, er fy mod yn teimlo'n wan fel cath. 'Lle mae Dad?' holais wedyn i droi'r stori.

'Wel,' meddai Mam yn dawel, gan sychu'i dwylo ar y lliain llestri, 'wedi mynd i Landudno mae o, Tal. Mi fuo mam Nain farw'n gynnar y bore 'ma, yn y Cartre'. Mynd yn ei chwsg, meddai'r Matron.'

'Mam Nain?' Edrychais yn hurt arni. 'Mam Nan-nan, 'dach chi'n feddwl?' Roedd Nan-nan wedi marw'n sydyn ddwy flynedd ynghynt a'i mam wedi'i goroesi. Byddai Dad yn mynd i edrych amdani weithiau, pan aem i siopa i Landudno, ond doedd hi'n ddim ond enw i mi.

'Ia, mi roedd hi mewn oed mawr, cofia. A doedd dim trefn wedi bod arni ar ôl iddi gael y strôc fawr 'na ddeng mlynadd yn ôl. Roeddan nhw'n gorfod ei bwydo hi a gwisgo amdani, a doedd hi ddim yn medru siarad na dim. Yr hen greaduras, mi roedd yn drugaredd iddi gael mynd.'

'Mam,' meddwn gan eistedd yn blwmp ar y setl a 'mhen yn troi. Roeddwn newydd sylweddoli rhywbeth a yrrai iasau i lawr fy meingefn. 'Hi roddodd f'enw i mi, 'te?' Cofiwn y sgwrs gydag Elidir Lewis y diwrnod cynt. 'Yntê, Mam?'

'Wel ia, erbyn meddwl.'

'Mam,' ebe fi'n bwyllog, gan syllu i fyw ei llygaid, 'mae hi wedi bod yn siarad efo fi. Ar ôl iddi farw.'

'Be? Be sy ar dy ben di, hogyn!'

'Sut lais oedd gynni hi?'

Erbyn hyn roedd Mam hefyd wedi gwelwi. Eisteddodd gyferbyn â mi ac edrych yn ddifrifol arnaf, heb ddweud dim.

'Sut lais oedd gynni hi, Mam?' gofynnais wedyn.

'Wel, pwt,' atebodd o'r diwedd, a golwg euog arni, fel petai arni ddim eisiau cyfaddef, 'fedra i ddim deud wrthat ti. Fyddwn i byth yn mynd i'w gweld hi, wsti, rhag pechu Nan-nan. Wnaeth yr un o'r ddwy erioed ddim byd efo'i gilydd. Dy dad ddaru fynnu ailsefydlu'r cysylltiad efo'i nain.' Gwenodd ac ysgwyd ei phen yn ddigalon wrth gofio. 'Ac mi roedd Nan-nan yn gandryll o'i cho'. Faddeuodd hi erioed yn iawn iddo fo. Dyna pam mai i Dŷ'n Pwll yr aeth y cloc mawr a'r dresel.'

'Waeth befo am y rheini,' meddwn innau. Roedd siomiant yr ewyllys yn hen hanes erbyn hyn, a phrun bynnag doedd o'n poeni dim ar lanc fel fi. 'Triwch gofio, Mam.'

'Talfryn bach,' atebodd hithau'n ddwys, 'waeth i mi heb. Wnes i erioed dorri gair â hi—erioed. Mi wnaeth Nan-nan i mi addo.' Ochneidiodd. 'Gad llonydd rŵan, a phaid â mwydro am y peth. Mi gei holi dy dad pan ddaw o adra.'

Ar ôl bwyta tamaid o swper, a thamaid oedd o hefyd, bûm yn eistedd yn y lolfa, ar binnau'n disgwyl i Dad gyrraedd adref. Roedd o'n gymeriad mwy rhesymol na Mam a fyddai o ddim yn cynhyrfu pan gâi glywed fy stori, er gwaetha'i brofedigaeth. Wedi'r cwbl, meddyg oedd o, wedi hen arfer â phobl oedrannus yn marw.

Ond daeth naw o'r gloch a dim hanes ohono. Roeddwn i'n gwingo erbyn hyn, a'r cof am y profiad a gawswn yn y car ar y ffordd o Dywyn Fawr yn f'anesmwytho'n arw. Allwn i ddim peidio â gweld y golau bach yn wincio arnaf, fel llygad. Allwn i ddim fy myddaru fy hun rhag y llais dieithr ar y tâp. Roedd yn f'arswydo ac eto'n fy hudo, rywsut, ar yr un pryd. Llais cariad, anwylyd, yn galw arnaf i. Llais merch oedd â neges i mi; llais fy hen nain? Fu gen i erioed gariad.

Ond doeddwn i ddim yn deall. Beth oedd a wnelo'r llais â Thywyn Fawr a'r henwr Elidir Lewis? Pam fod y llais yn torri ar draws ei atgofion, yn difetha ei gronicliadau—yn sarnu fy ngwaith i?

Cofiais fel bollt am y tâp a recordiais y pnawn hwnnw. Yn fy rhyddhad o gyrraedd adref, doeddwn i ddim wedi cofio tsiecio i weld a oedd y sgwrs yn dal gennyf yn ddiogel. Roedd y tâp yn dal yn yr *uher* ar sêt pasenjer y Fiesta. Daeth ofn fel cwmwl du drosof. Beth wnawn i? Beth a ddigwyddai i'r tâp

34

rhwng nawr a bore trannoeth? Oeddwn i mewn pryd i'w achub o?

Roedd arnaf ofn mentro i'r car, ofn mynd yn agos at yr *uher*, ofn clywed y llais yn galw f'enw yn y tywyllwch. Ac eto, yn rhyfedd, teimlwn dynfa gref i fynd o'r tŷ ac i'r car, a nid dim ond i tsiecio'r tâp. Teimlwn ddolen fel y dur yn fy nhynnu'n ôl tua Thywyn Fawr. Heno. Yn awr. Yn hwyr y nos.

Codais a mynd i'r pasej i nôl fy nghôt a'm sgarff. Roedd Mam newydd fynd i fyny i gael bath a gwaeddais o waelod y grisiau: 'Dw i'n picio allan. Iawn? Fydda i ddim yn hir. Peidiwch â chloi.' Yna heb aros am ateb, brasgamais i'r gegin a chodi 'goriadau'r Fiesta oddi ar eu bachyn wrth fynd allan. Caeais fy nwrn yn dynn amdanynt.

Roedd y lôn yn wag. Ni ddaeth yr un modur i'm cwrdd yr holl ffordd o Lanfair i Dre-gaer. Gyrrwn yn fy mlaen fel pe bai magned cudd yn fy llusgo ar hyd y ffordd dywyll i Dywyn Fawr.

Fel y nesawn at y plas deuai'r hen ofn yn ôl. Roeddwn yn mynd yn ôl drachefn, yn groes i'r graen, i blasty Elidir Lewis. Roedd y dynfa'n rhy nerthol i mi allu ei nacáu. Teimlwn fy nghorff a'm serchiadau yn cael eu halio, a'u plycio gan rym, gan ewyllys, gan y llais . . .

'Talfryn . . . Talfryn . . .' Roedd y llais wedi dod yn ôl i'm harwain, i'm tywys i fyny'r lôn at y plas. 'Talfryn . . . mon chéri . . . viens . . . viens vite . . .' Y llais; nid Cymraeg a siaradai'n awr ond Ffrangeg. Gallwn glywed fy nwylo'n crynu am y llyw. Nid fy hen nain oedd hon wedi'r cwbl ond estrones,

estrones yn galw arnaf, yn dyner dyner. Llais ifanc ydoedd, llais merch ifanc yn galw ar ei chariad . . . 'Viens, mon chéri.'

Stopiais y car hanner y ffordd ar hyd y dreif a rhedeg i gyfeiriad y plasty, rhedeg am fy mywyd. Ni allwn weld yr un golau yn ffenestri'r ffrynt. Carlamwn heb falio lle rhoddwn fy nhraed. Yn fy mhen roedd ei llais hi, llais y Ffrances yn galw'n daer arnaf, 'Talfryn . . . Talfryn.' Llais fy nghariad i. Llamais yn wyllt rownd i'r cefn gan ymladd am fy ngwynt. Ble'r oedd hi? Roedd yn rhaid i mi ddod o hyd iddi. Roedd hi'n erfyn arnaf, 'Talfryn!'

'Lle'r wyt ti? Rydw i yma!' Rhuthrais drwy ddrws y gegin gan weiddi'n uchel. Edrychais o 'nghwmpas yn wyllt. 'Lle'r wyt ti?'

Eisteddai Mati Williams mewn cadair freichiau wrth yr hen stôf Aga yn darllen papur newydd. Mae'n rhaid ei bod wedi cael braw pan welodd fi a'r fath olwg ryfedd arnaf.

'Be sy, neno'r tad mawr?' llefodd gan neidio ar ei thraed.

'Mae hi'n galw f'enw i ''Talfryn''. Y ferch . . . Lle mae hi?' gwaeddais drwy 'nagrau. Cychwynnais tua ffrynt y tŷ.

Rhoddodd Mati Williams law solat ar fy mraich. 'Eistedd, rŵan, am funud,' ebe hi'n dawel gan amneidio at y gadair gefn-uchel gyferbyn. Roedd hi fel pe bai wedi deall be oedd ar droed mewn eiliad. 'Eistedd yn fan'na. Dyna chdi.'

Gollyngais fy hun i'r gadair. Roeddwn yn anadlu'n fân ac yn fuan a gallwn deimlo'r dagrau'n powlio i lawr fy wyneb. Rhythais yn syn ar Mati Williams. Yr oeddwn wedi dychryn yn fawr.

'Talfryn,' meddai'r hen wraig yn freuddwydiol, gan syllu heibio i mi. 'Nid y chdi ydi'r unig Talfryn.'

'Ond . . . ond mae 'na lais, llais merch yn galw arna i . . .'

'Nid arnat ti, 'ngwas i,' mynnodd Mati Williams. 'Nid chdi, rwy'n siŵr, ond Talfryn Lewis, brawd Elidir.'

'Mae ganddo fo frawd?' Roeddwn i wedi cymryd nad oedd gan yr hen ŵr ddim teulu heblaw am Mati. Ni soniasai'r un gair am berthnasau agos.

'*Roedd* ganddo fo frawd,' cywirodd fi, a ias yn ei llais. 'Mi'i lladdwyd o yn y Rhyfel Byd Cynta'. Yn ffosydd Ffrainc.'

'Mae 'na lais,' mynnais, a gallwn glywed y cryndod yn fy llais fy hun, 'llais merch ar y tâpia' recordies i yma'n galw arna i. Yn Ffrangeg.'

'O,' meddai hi, heb synnu dim. 'Ia. Charlotte ydi honno, debyg. Ei gariad o.'

'Charlotte? Ydi hi'n fyw? Ydi hi yma?' gwaeddais gan lamu ar fy nhraed. Chwiliai fy llygaid o 'nghwmpas yn wyllt. 'Charlotte!' llefais.

'Na, tydi hi ddim yma,' meddai Mati. 'Waeth i ti heb â gweiddi. A tydi hi ddim yn fyw. Mi fuo farw'r bora 'ma.' Edrychodd yn graff am eiliad cyn dweud: 'Dy hen nain di oedd hi.'

Eisteddais yn ôl yn y gadair fel delw. Syllais yn hurt ar Mati Williams a eisteddai am y stôf â mi, mor ddigyffro.

'Roedd Talfryn flynyddoedd yn hŷn nag Elidir,' meddai'r hen wraig ymhen y rhawg, 'ac yn hogyn tal, glandeg fel chditha. Ar ôl iddo fo fod yn Rhydychen am ddwy flynadd mi 'listiodd i'r fyddin. Pythefnos fuo fo yn Ffrainc. Bwled yn 'i ben. Mi fuo bron i bawb yma â drysu.'

'Ond be am Charlotte?' gofynnais. 'Y llais?'

'Ddeufis ar ôl iddo fo gael ei ladd,' aeth Mati yn ei blaen, 'mi ddaeth merch yma o Rydychen. Ffrances oedd hi yn dysgu mewn ysgol breifat yn y dre. Roedd hi'n honni ei bod hi'n gariad i Talfryn ac yn cario'i blentyn o.'

'Oedd hi?'

'Roedd yr hen Gyrnol a'i wraig mewn hiraeth mawr ar ôl colli'u mab. Fynna Elidir mo'u llethu nhw â gofid arall ac mi guddiodd y peth rhagddyn nhw. Chawson nhw erioed wybod eu bod nhw'n daid a nain.' Bu Mati Williams yn dawel am ennyd wrth gofio'r hen deulu a'r adeg styrblyd honno. Yna ochneidiodd yn drwm, ac meddai: 'Elidir ddaru ddelio â hi. Mi roddodd fil o bunna' iddi— roedd o'n arian mawr yr adag honno—a dweud wrthi am fynd odd' yma'n ddigon pell.'

'Aeth hi?'

'Mi aeth cyn belled â Brynllwyn, Trefor. Mi anwyd y babi yno, hogan bach, ac mi'i gadawodd hi yno i Bet a Wil Ifans 'i magu. Doedd ganddyn nhw ddim plant. Mi gawson y mil punna', hefyd.'

'Ond dydw i'n dal ddim yn deall,' meddwn yn ffwndrus. 'Sut mae . . . ?'

'Dy nain di oedd y babi,' eglurodd yr hen wraig yn amyneddgar. 'Ond 'daeth y stori erioed allan.

Roedd ganddon ni ormod o barch i fyddigions y plas i fradychu'u cyfrinacha' nhw. Rydw i'n gwybod o'r cychwyn. A'r hen Wilias Ffwtman. Ac mi gafodd dy nain wybod. Ond erbyn hyn mae'r hen Wilias wedi'n gadael ni, a dy nain druan . . .'

'Nan-nan,' meddwn. Dyna fyddwn i'n ei galw bob amser.

'A Charlotte heddiw. Dy hen nain.'

'Hi oedd yr ysbryd. Hi oedd y llais ar y tâp!' Roeddwn i'n deall o'r diwedd. 'Galw ar ei chariad yr oedd hi, i ddod i'w chyfarfod hi.'

'Ia, decini,' cytunodd Mati Williams, 'mi fydd yn dawel bellach.' Ac yna, 'Mae 'na un arall, wrth gwrs, sy'n gwybod y cyfan. Mae Charlotte wedi bod ar ei gydwybod o ers deng mlynedd a thrigain.'

'Elidir Lewis,' mentrais. 'Wydda fo pwy oeddwn i, Mati? Ddaru o fy nabod i?'

Cododd yr hen wraig yn araf o'i chadair. Yna cerddodd â mân gamau at y drws a arweiniai o barthau'r gweision i'r plas ei hun. Agorodd ef yn ofalus ac yna trodd yn ôl ac meddai wrthyf: 'Tyrd trwodd, Talfryn . . . Gwydda, mi wydda pwy oeddat ti o'r funud gwelodd o chdi. Rwyt ti'r un ffunud ag oedd 'i frawd yn ddeunaw oed.'

Codais innau ar hynny a cherdded yn dalsyth drwy'r drws agored i'r plas, at f'ewythr a f'etifeddiaeth.

Fflamau Ddoe—J. Selwyn Lloyd

Storm Awst a'm gyrrodd tua'r sied enfawr fel cwningen i'w thwll. Un eiliad roedd yr haul yn disgleirio'n gynnes ar fy ngwar ac yna'r eiliad nesaf y glaw yn tywallt fel o grwc a'r mellt yn goleuo'r düwch ar y gorwel.

'Mae'n hel storm ers dyddiau.' Doeddwn i ddim yn disgwyl gweld neb yno a neidiais mewn braw wrth glywed y llais. 'Ar eich gwyliau ydach chi?'

Wedi i mi graffu i'r cysgodion am eiliad fe'i gwelais; pwt o ffermwr tua'r trigain oed a phwt o getyn yn mud fygu yng nghil ei geg. Safai wrth ddrws agored y sied gan ddal ei law allan i'r glaw yn awr ac yn y man ac yna ei sychu yn araf ym mrethyn cras ei drowsus melfaréd.

'Gwyliau?' atebais toc. 'Ie. Cerdded. Mi fydda i wrth fy modd yn cerdded a . . .'

'Ac yn hoff o awyrennau,' meddai yntau ar fy nhraws. 'Rydach chi wedi bod yn y Llu Awyr.' Dweud yr oedd, ac nid gofyn cwestiwn.

Edrychais yn hurt ar y gŵr.

'Y?' Fedrwn i ddim meddwl am ateb iddo.

'Mae gennych chi ddiddordeb mewn hen awyrennau,' meddai eto gan godi ei lais, yn ddiamynedd. 'Edrych tros yr hen faes awyr yma rydach chi,' ychwanegodd wrth fy ngweld yn fud, a'r benbleth yn dal yn fy llygaid. 'Mae yna lawer yn dod yma i . . .'

Gwenais wrth sylweddoli.

'Maes awyr sydd yma? Roeddwn i'n gweld y lle yn fwy gwastad nag arfer. A'r hen sied yma? Awyrennau fu yma, debyg?'

Wedi dod o hyd i un nad oedd ganddo lawer o syniad am awyren, roedd yr hen ŵr fel plentyn wedi cael tegan newydd.

'Gwas bach oeddwn i yr adeg honno, adeg yr Ail Ryfel Byd, pan oedd y lle yma yn faes awyr prysur,' meddai, gan fynd ati i ail-lenwi'r cetyn, ei danio ac yna eistedd ar ei sodlau a'i gefn yn pwyso ar wal y sied. 'Fy nhad oedd perchen y tir yma cyn iddyn nhw fynd â'r cwbl bron oddi arno ac adeiladu maes awyr yma. Rydw i yn eu cofio'n iawn. Lancasters oedden nhw bron i gyd, awyrennau bomio enfawr, pedwar peiriant i bob un. Fe fyddwn i yn gorwedd yn fy ngwely yn nhrymder nos yn gwrando arnyn nhw yn mynd trosodd.'

'Trosodd?'

'I fomio'r Almaen.' Edrychodd yn gas arnaf am eiliad am i mi feiddio torri ar ei atgofion. 'Yna eu cyfrif wrth iddynt ddychwelyd yn y bore bach. Ond mae'r cwbl mor bell yn ôl erbyn heddiw. Neb yn cofio ond ambell un fu yma yr adeg honno ... Fe fyddan nhw yn dod yn eu holau weithiau. Hen ddynion i gyd erbyn hyn a'u nifer yn mynd yn llai bob blwyddyn. Ydyn, maen nhw i gyd yn dod yn ôl, i gyd yn heneiddio. Pob un ond Wilias.'

Ochneidiodd yn hir ac uchel a syllu'n fud allan i'r glaw cyn ychwanegu, 'Na, dydi Wilias druan wedi newid dim. Mae o yn dal yr un mor ifanc a heini ag y bu erioed. Dydi o wedi newid dim.'

Bu tawelwch, a minnau'n awr yn synfyfyrio wrth weld y glaw yn dawnsio yn y pyllau dŵr oddi allan. Medrwn ei deimlo yn edrych arnaf â chil ei lygad wrth iddo aros am fy nghwestiwn. Ond roeddwn i wedi gweld gormod o rai fel hwn ar fy nheithiau. Roedd un ohonynt i'w gael ym mhob tafarn, ac ar bob cornel stryd. Dyn bach a stori ryfedd ganddo yn barod i blesio unrhyw un a fyddai'n ddigon gwirion i wrando arno; stori ryfedd a fyddai'n ei gadw mewn arian baco neu pres peint o gwrw drwy'r haf.

Newidiais y stori'n sydyn.

'Fyddwch chi'n cael llawer o bobl ddiarth yma?'

'Rydw i newydd ddeud wrthach chi. Maen nhw'n dod yn lluoedd i weld yr hen le yma, y dynion fu yma . . .'

'Pan oeddwn i'n dod drwy'r pentref y bore yma,' meddwn yn frysiog, 'fe sylwais ar hen adeilad enfawr, gwifren uchel o'i amgylch, ac roedd bariau ar y ffenestri. Does gennych chi ddim carchar yma?'

Chwarddodd yr hen ffermwr yn uchel.

'Y Tŷ Mawr,' meddai. 'Na, nid carchar. Ond y nesaf peth, cofiwch.'

'Tŷ Mawr?'

'Dyna fyddwn ni yn ei alw. Gwallgofdy ydi'r lle. Pobl wallgof. Fan yna maen nhw'n cadw pobl sydd wedi mynd o'u co'.'

Arhosodd eiliad fel pe'n disgwyl i'w eiriau dreiddio drwodd i'm hymennydd.

'Mae yna rai fu yn fan hyn yno,' meddai toc gan lywio'r sgwrs yn ôl yn gelfydd at y maes awyr.

42

'Llawer ohonyn nhw wedi mynd o'u co'. Ond be arall oeddech chi'n ddisgwyl? Noson ar ôl noson o hongian uwch trefi'r gelyn, Berlin heno, Munich neithiwr, Hamburg nos yfory. Dod adref drwy'r holl dân fyddai'r gelyn yn ei hyrddio atynt, yr awyren yn ddarnau, a gwaed un neu ddau o'r criw yn rhydu'r metel. Ac yna yn ôl wedyn nos drannoeth. Does ryfedd fod cymaint ohonyn nhw yn y Tŷ Mawr ... Ydyn, mae creithiau'r rhyfel yn ddwfn iawn yn y pentref yma,' ychwanegodd toc. Erbyn hyn roedd y glaw wedi stopio a'r haul yn ymdrechu i ymddangos o gysgod cwmwl. Camodd allan i'r glaswellt llaith, syllu i'r awyr am eiliad ac yna daeth yn ei ôl ac edrych o'i gwmpas.

'A'r hen sied yma yw'r unig adeilad sydd ar ôl,' meddai gan gerdded o'i hamgylch yn araf. 'Pan gafodd fy nhad y fferm yn ôl ar ôl y rhyfel roedd y cwbl o'r adeiladau wedi eu dymchwel, y cwbl ond y sied yma.'

'Digon gwerthfawr i ffermwr,' meddwn gan ei ddilyn i'r cysgodion.

'Roedd hi bron yn newydd yr adeg honno. To newydd, waliau newydd. Y cwbl oedd ar ôl o'r hen un oedd y llawr.'

Edrychais o'm cwmpas yn syn. Nid oedd dim yn newydd ynddi yn awr. Roedd tyllau yma ac acw yn y to a'r paent wedi hen ddiflannu oddi ar y waliau uchel. Roedd arogl defaid ym mhob man. Arogl defaid yn gymysg ag arogl cryf yr olew o'r tanc sgwâr, enfawr a thap arno a safai ar stondin bren wrth ymyl y peiriannau amaethyddol, arogl sur oedd yn gwneud i rywun ddyheu am gael mynd allan i'r awyr iach.

Yn ôl â ni at y drws unwaith eto.

'Ie,' ochneidiodd gan edrych arnaf â chil ei lygaid eto, yn slei fel llwynog, 'fe fu'n rhaid ail-adeiladu'r hen sied yma. Fe wnaeth Beti yn siŵr nad oedd dim o'r llall ar ôl.'

'Beti?' Doedd gen i'r un syniad am ba beth y soniai ac roedd y cwestiwn yn fy llais yr union beth y bu'r hen ffermwr yn ei ddisgwyl.

Aeth i eistedd ar ei sodlau yn erbyn y mur un-waith eto, rhyw don o fuddugoliaeth yn y wên ar ei wyneb rhadlon.

'Ie, Beti. Hi oedd awyren Wilias,' meddai. 'Peilot oedd o. Doedd o ond newydd gael ei ugain oed. Roedd llythyren ac enw ar bob Lancaster. A 'B' am Beti oedd awyren Wilias. Roedd o'n meddwl y byd ohoni ac o'i griw. Bu yn bomio'r Almaen am ugain nos cyn y diwedd.'

Gwyddwn ei fod am gael y maen i'r wal wedi'r cwbl. Doedd dim i mi ei wneud bellach ond sefyll yno'n ddistaw a gwrando ar stori y bu'n ei hadrodd i ddegau o rai eraill fel finnau.

'Noson dywyll fel y fagddu tua chanol y rhyfel oedd hi pan ddaeth B am Beti adref o gyrch awyr dros Berlin,' meddai, a rhyw olwg bell, ryfedd yn ei lygaid. 'Wythnos union cyn y Nadolig os ydw i'n cofio'n iawn. Roedd golwg mawr ar yr hen Lan-caster. Dau beiriant iddi oedd yn troi. Roedd un adain yn dyllau fel gogor a dim ond darn o'i chynffon oedd ar ôl. Roedd y peilot, Wilias druan, yn gorwedd ar y llawr, wedi ei saethu yn ei goes ac yn ei ysgwydd a'r ail beilot wrth y llyw.

'Erbyn iddyn nhw gyrraedd y maes awyr yma roedd hi'n niwl trwchus a dim modd gweld y lanfa. Penderfynwyd ei bod yn amhosib iddyn nhw gyrraedd daear a rhoddodd yr ail beilot orchymyn i bawb neidio o'r awyren. Rhoddwyd parasiwt am Wilias a'i daflu allan yn gyntaf. Ond cyn gynted â'i fod drwy'r drws, daeth bwlch yn y niwl a medrai'r ail beilot weld y lanfa drwyddo. I lawr ag ef. Ond yna trawodd blaen yr adain yn nho'r hen sied yma, neu yr un oedd yma o'i blaen, a ffrwydrodd y Lancaster mewn pelen o dân gan ladd pob un oedd ar ei bwrdd.'

'Pawb ond Wilias,' meddwn a'm llais yn hollol ddieithr i mi. Roeddwn fel un wedi ei swyno. 'Be ddigwyddodd i'r peilot?'

Bu distawrwydd llethol am rai eiliadau, pob man fel y bedd heb yr un sŵn ond sŵn y dafnau glaw yn diferu o'r to wrth i hwnnw ddechrau sychu yn yr heulwen ddisglair.

'Wilias?' Cododd y ffermwr a cherdded allan yn araf. Synhwyrodd yr awyr am eiliad cyn cychwyn oddi yno. 'Fedra i ddim fforddio gwastraffu amser yn hel clecs yn fan hyn drwy'r dydd,' meddai tros ei ysgwydd, gan anwybyddu fy nghwestiwn yn lân.

'Wilias?' Cychwynnais gam neu ddau ar ei ôl. 'Wilias? Be ddigwyddodd iddo fo?'

Trodd y llall i'm hwynebu am eiliad neu ddwy.

'O, Wilias?' meddai, fel petai newydd gofio amdano. 'Wel, fe laniodd Wilias yn ddigon saff.

Ond fu'r creadur byth yr un fath wedyn. Fe rodd-wyd awyren arall iddo ond roedd wedi torri'i galon yn lân wedi colli'r criw i gyd. Doedd ei galon ddim yn y busnes hedfan yma wedyn, meddan nhw. Fe ddaeth ei awyren i lawr yn y môr yn rhywle ymhen blwyddyn a chollwyd ef a'i griw newydd i gyd.'

'Ond roeddech chi'n dweud ei fod yntau yn dod yn ôl yma ac yn . . .'

Roedd rhyw hanner gwên yn y llygaid llwydion cyn iddo droi a cherdded oddi wrthyf unwaith eto.

'Peidiwch â phoeni. Mae o yn ddigon diniwed, meddan nhw,' meddai dros ei ysgwydd. 'Dim ond chwilio am ei griw y mae o.'

'Chwilio am ei griw? Pwy aflwydd sydd yn chwilio am ei griw? A Wilias wedi marw ers blynyddoedd.'

Ond yr unig ateb a gefais oedd rhyw chwerthin-iad isel o'i wddf cyn iddo ddiflannu i'r niwl oedd yn codi o'r ddaear laith ar ôl y glaw trwm.

'Welsoch chi nhw?' Daeth y llais meddal o'm hôl mor sydyn ac mor annisgwyl fel y teimlais wallt fy mhen yn codi mewn ofn.

Daeth geiriau'r hen ffermwr yn ôl i wneud i mi deimlo'r gwaed yn oeri yn fy ngwythiennau wrth i mi droi i'w wynebu. Gŵr ifanc tua'r ugain oed ydoedd, ei wallt yn felyn fel cae ŷd dan heulwen hydref, ei lygaid yn las, llygaid hen ddyn mewn wyneb ifanc, llygaid oedd wedi gweld poen a thristwch. Roedd gwên ar yr wyneb, ond ni wenodd y llygaid ers blynyddoedd.

Safai yno ar ganol llawr y sied gan edrych o'i amgylch yn wyllt, ei ddillad yn wlyb diferol fel pe bai newydd ei drochi yn yr afon.

'Welsoch chi nhw?' meddai eto, ei lais yn codi mewn cyffro wrth iddo edrych heibio i mi fel pe bai yn gweld rhywbeth tros fy ysgwydd drwy'r drws agored. 'Huw, Mac? Maen nhw yma yn rhywle. Wyddoch chi mai fy mai i oedd y cwbl?'

Fedrwn i yn fy myw ddweud yr un gair, dim ond syllu arno yn cerdded yn wyllt o un pen i'r sied i'r llall.

'Peidiwch â bod ofn ysbryd,' dyna oedd geiriau'r hen weinidog i ni blant ryw dro. Chwerthin wnaethom ni yr adeg honno ond yn awr roedd chwerthin ymhell o'm calon wrth i mi ymdrechu i ddod o hyd i'm llais.

'Oes gen ti fatsien?' Brasgamodd tuag ataf.

Wedi cymryd dau gam yn ôl teimlais yn fy mhoced a thaflu'r blwch cyfan iddo. Rhythodd yntau arno, tynnu un fatsien allan yn araf a'i chusanu. Dyna pryd y cofiais yn sydyn am y tŷ anferth a'r wifren o'i amgylch.

Gwallgofddyn oedd. Roedd wedi dianc o'r Tŷ Mawr. Ysbryd, wir! Dylai dyn yn ei lawn synnwyr fod wedi sylweddoli hynny o'r dechrau . . .

Roedd fy ngheg fel anialwch wrth i mi sylweddoli fy mod mewn perygl enbyd. Byddai'n llawer gwell gennyf wynebu ysbryd na bod wyneb yn wyneb â hwn a safai o'm blaen yn awr a'i fryd ar . . . beth?

'Paid!' Cefais hyd i'm llais a rhuthrais tuag ato wrth iddo agor y tap bychan yn y tanc olew.

'Olew,' meddai, a gwên plentyn bach ar ei wyneb ugain oed wrth iddo wylio'r ffrwd seithliw yn llifo ar hyd llawr y sied.

'Paid,' gwaeddais eto nerth esgyrn fy mhen.

'Tân,' meddai gan dynnu pen y fatsien ar hyd ochr y bocs. Safodd yno am eiliad yn gwylio'r fflam yn ysu'r pren ac roedd rhywbeth yn ei edrychiad yn ddigon i'm fferru i'r llawr.

'Tân,' gwenodd eto ac yna taflodd y fflam i'r olew.

Rhedais.

Daeth sŵn fel gwynt cryf o'm hôl ac yna'r sgrechian annaearol. Wedi cyrraedd y drws a throi doedd dim i'w weld ond mur o fflamau ac roedd sŵn ei sgrechian yn dal yn fy nghlustiau wrth i mi redeg o'r fan fel pe bai holl gythreuliaid y fall ar fy ôl.

'Wedi dianc o'r Tŷ Mawr?' Gwyddwn ar wyneb yr hen ffermwr, wedi iddo agor y drws a gwrando ar fy stori, nad oedd yn credu'r un gair. 'Dianc o'r gwallgofdy? Does neb wedi medru dianc o'r fan honno erioed.'

'Ond mae'r sied yna ar dân. Mae'r cwbl yn wenfflam, ddyn. Oes gennych chi ffôn yma. Rhaid i ni ffonio am . . .'

'Mae'n well i chi eistedd i lawr, gyfaill,' meddai'n araf, gan afael yn fy mraich. 'Rydach chi'n llwyd fel lludw. Rhywbeth wedi dod drosoch chi.'

'Dydach chi ddim yn deall,' gwaeddais yn wyllt yn ei wyneb gan ysgwyd ei law ymaith. 'Mae o wedi'i losgi yn y sied yna. Mae'r cwbl yn wenfflam. Ffôn? Oes yma ffôn?'

'Ond welais i erioed dân heb fwg a heb fflamau,' meddai'r hen ffermwr yn dawel ar fy nhraws gan amneidio tua'r cae. 'Dychmygu pethau yr wyt ti, gyfaill. Gwres y dyddiau diwethaf yma wedi bod yn ormod i ti efallai.'

Safai'r hen sied yno fel y safodd ers blynyddoedd. Nid oedd pluen o fwg na gwreichionyn o dân i'w weld yn unman. Nid oedd arogl tân yno ychwaith wrth i mi fynd yn ôl ar draws y cae mewn penbleth lwyr.

Curai fy nghalon yn fy ngwddf wrth i mi sefyll yn nrws agored yr hen sied eto. Safai popeth fel cynt. Nid oedd dim o'i le.

Yna fe'u clywais. Lleisiau. Lleisiau ifanc yn canu'n ysgafn. Dynion ifanc yn canu. Rhuthrais allan. Roedd cymylau o niwl yn rowlio hyd wyneb y cae unwaith eto. Arhosais yn fy unfan gan ddisgwyl eu gweld yn ymddangos o'r niwl. Ond daeth y sŵn arall i'w boddi. Sŵn awyren yn cychwyn. Daeth y sŵn yn uwch ac yn uwch ac yn nes ac yn nes.

Wn i fawr am awyrennau, ond gwelais ddigon o luniau ohonynt i wybod mai Lancaster oedd yr anghenfil pedwar peiriant ddaeth tuag ataf o'r niwl y prynhawn hwnnw. Roedd wedi ei pheintio'n ddu drosti a'r geiriau 'B am Beti' yn felyn ar ei hochr.

Meddyliais am redeg ymaith ond roedd fy nhraed fel petaent wedi eu clymu i'r ddaear. Medrwn weld wynebau'r criw yn glir a medrwn ddweud oddi wrth eu cegau eu bod yn canu'n braf.

Ac wrth y llyw, drwy ffenest agored y caban, medrwn weld wyneb hapus y peilot ifanc. Cododd ei law mewn ffarwél ac wrth i mi weld y wên lydan oedd ar ei wyneb gwyddwn i Wilias gael hyd i'w griw. Daethai yn ei ôl am y tro olaf.

Rhith Gof—Geraint V. Jones

'Wn i ddim pam dw i'n deud y stori o gwbwl.
Choeliwch chi mo'ni, mae'n debyg, mwy nag a
wnâi neb arall . . . Faint yn ôl, deudwch? . . . Deng
mlynadd a thrigain bellach . . . Roedd hyd yn oed
Jane ei hun yn amheus, a hitha'n llygad-dyst! . . .
Ond mae Jane hefyd yn 'i bedd erbyn heddiw . . . a
does bosib na fydda inna'n hir cyn mynd ati. Dyna
pam dw i isio adrodd yr hanas, mae'n debyg, rhag i
ni'n dau, y stori a finna, fynd i ebargofiant efo'n
gilydd . . . Peidiwch â meddwl 'mod i'n mynd i
drio'ch darbwyllo chi. Os nad ydach chi'n credu
mewn sbrydion—wel, dyna fo. . . . Na, mi ddweda
i'r stori yn syml ac yn onest fel y digwyddodd hi. O
leia mi fydda i wedyn wedi'i rhoi hi ar glawr, yn
eglurhad ar ddirgelwch marwolaeth Siân y Pandy,
'slawer dydd.

Deunaw oed o'n i pan symudodd y teulu i Hafod
y Wennol i fyw. Ffarm fechan fynyddig oedd honno
ym mhen ucha Cwm Llwyd, ryw filltir go lew y tu
draw i bentre'r Cymer . . . Cymer y Coed, i roi
iddo'i enw llawn. Murddun ydi'r Hafod erbyn
heddiw, ond bryd hynny fe safai'n solat ar y llech-
wedd uwchlaw'r cwm gyda'r mynydd yn codi'n
foel ac yn eang y tu ôl iddo. Tŷ carreg unllawr hen-
ffasiwn a chlwt o fuarth rhyngddo a'r sgubor a'r
beudy yn y cefn. Nid nepell o dalcen y tŷ rhuthrai'r
Nant Arw yn rhaeadrau gwynion am yn ail â phyll-
au anghynnes du i ymuno ag Afon Lwyd ar lawr y
cwm. Yno, lle'r oedd y ddeuddwr yn cwarfod,

swatiai bwthyn bach y Pandy, cartre'r porthmon Mathew Morris a'i wraig Lowri. Adfail ydi hwnnw hefyd bellach.

Crafu bywoliaeth fydden ni o'r tir llwm. Pori defaid yn bennaf a chadw buwch a moch a 'chydig ieir i dalu'n ffordd. Er fy mod i'n llefnyn tal bryd hynny, rhyw fân swyddi ysgafn a osodid imi. Fy mrodyr fyddai'n gneud pob caledwaith ar y ffarm. Yn ddeuddeg oed cawswn glefyd a'm gadawodd yn eiddil ac yn fregus fy iechyd ac allwn i ddim ymgodymu â gwaith trwm. Felly, ni wnawn fwy na bwydo'r moch a'r ieir neu gerdded i'r pentre ddwywaith neu dair yr wythnos i nôl canhwyllau neu furum neu fân nwyddau eraill yn ôl y galw. Freuddwydiodd neb bryd hynny fod gwth o oed-ran yn f'aros.

Ta waeth, y rhan orau o'r daith i'r pentre oedd y llwybr i lawr o'r Hafod at y Pandy. Dilynai bob ystum i'r Nant, yn rhedeg gyda'r rhaeadrau neu'n ymbwyllo uwchben crochan o bwll berw, dwndwr y dŵr yn gyfeiliant cyson i drydar ehedydd a chras-nodau cigfran a phioden. Dyna i mi wir fodlon-rwydd, yn enwedig os cawn oedi ar y bont fechan a phwyso ar ei chanllaw pren i wylio'r bluen fawr o ewyn yn syrthio ugain troedfedd a mwy i bwll dyfnaf y Nant. Yno, trwy syllu'n hir i'r bwrlwm du oddi tanaf, byddwn yn medru ymgolli yn fy medd-yliau a breuddwydio.

O dipyn i beth, wrth fynd i'r pentre, fe ddois yn gyfeillgar â llanciau o'r un oed â mi. Cwestiwn un o'r rheini, Ifan y Goetre, a roddodd gychwyn i'r hanes yma, a deud y gwir.

'Wyt ti wedi'i gweld hi eto?' gofynnodd yn sydyn un min nos pan oeddem yn griw y tu allan i'r efail.

'Hi?' meddwn i'n syn wrth sylweddoli mai arna i roedd o'n edrych.

'Wel ia! Siân Pandy! Wyt ti wedi'i gweld hi eto?'

'Lowri wyt ti'n feddwl?' meddwn i. 'Lowri ydi enw gwraig Mathew Pandy.'

Chwarddodd y criw fel petha gwirion.

'Ysbryd ydi Siân Pandy,' eglurodd Ifan o'r diwedd. 'Ysbryd sy'n crwydro'r llwybyr rhwng y Pandy a'r Hafod ... meddan nhw ... Tipyn o bisyn hefyd, yn ôl pob sôn.'

Rhaid fy mod i wedi gwenu'n anghrediniol yn fan'na, ymgais, falla, i guddio'r annifyrrwch a deimlwn. Bu'n ddigon, beth bynnag, i'r criw, drwy'i gilydd, geisio fy narbwyllo bod ysbryd Siân Pandy yn troedio Llwybr Nant Arw.

'Mae 'na ddigonadd o bobol wedi'i gweld hi dros y blynyddoedd, was! ... Mae Mathew Morris wedi'i gweld hi droeon, yn ôl y sôn.'

'Ydi, ac fe welodd Nathaniel Lewis a'i wraig hi hefyd, fwy nag unwaith.'

'Pwy ydi'r rheini?' Ceisiwn gelu'r chwilfrydedd oedd yn goglais fy nychymyg.

'Yr hen bobol fu'n byw yn Hafod y Wennol o'ch blaen chi ... Mi fu'r ddau farw o fewn mis i'w gilydd, ryw flwyddyn yn ôl bellach. Eu mab nhw werthodd yr Hafod i dy dad.'

'Maen nhw'n deud mai mynd i chwilio am 'i chariad—Idris Hafod Wennol—ma hi pan fydd hi'n cerddad Llwybyr Nant Arw.'

Roedd clywed yr holl enwau yn fy nrysu'n lân. 'Pwy oedd hi 'ta, y Siân Pandy 'ma? . . . Be ddigwyddodd iddi hi?'

Cefais glywed ganddyn nhw wedyn mai merch y Pandy ryw gan mlynedd ynghynt oedd Siân, yn ferch hynod o dlws, yn ôl cof gwerin yr ardal, a chanddi nifer o gariadon. Idris Hafod Wennol oedd ei ffefryn, fodd bynnag, a byddent yn cwarfod ar y bont uwchben Nant Arw, y bont yr oeddwn i fy hun mor hoff o bwyso ar ei chanllaw a synfyfyrio ar y pwll du ymhell islaw. Ta waeth, fe siomwyd Idris, meddai'r hanes, pan ddechreuodd Siân gyboli efo rhyw ŵr priod yn y pentre ac fe aeth yn ffrae yn y Pandy hefyd pan glywodd ei rhieni am yr hyn oedd ar droed. Byddai ei thad yn ei rhwystro rhag mynd allan o'r tŷ, ond un noson fe ddringodd y ferch drwy'r ffenest a thrannoeth fe gafwyd ei chorff yn y pwll o dan y bont. Y canllaw wedi rhoi o dan ei phwysau, meddai rhai, a hithau wedi syrthio i'w hangau; wedi ei thaflu ei hun i'r pwll, meddai eraill, oherwydd bod ei thad yn ei rhwystro rhag gweld ei chariad. Stori drist iawn, beth bynnag, a'r dirgelwch ynghylch ei marwolaeth yn aros. Feddyliais i fawr ar y pryd mai fi fyddai'n cael yr ateb i'r dirgelwch hwnnw . . .

Chydig iawn o sylw a roddodd Mam a 'Nhad i'r stori pan ailadroddais hi wrthyn nhw ar ôl mynd adref, y naill yn gwenu'n oddefgar a'r llall yn smala wrth imi sôn am ysbryd y ferch. 'Rwyt ti'n breuddwydio hen ddigon o gwmpas y lle 'ma'n barod,' meddai 'Nhad yn ddiamynedd, 'heb iti ddechra colstro dy ben efo sbrydion.'

Roedd yr hanes, fodd bynnag, wedi cydio'n fy nychymyg. Es i ddisgwyl, hyd yn oed i ddeisyfu, gweld ysbryd Siân Pandy ar Lwybr Nant Arw, ac ar fin nos treuliwn oriau ofer yn ffenest fy stafell wely, yn syllu allan i'r gwyll. O'r ffenest honno yn nhalcen y tŷ gallwn weld y llwybr yn cydredeg efo'r Nant i lawr at y bont ac yn diflannu wedyn o'm golwg dros y crimp.

Aeth wythnosau lawer heibio. Daliai bywyd yr Hafod i rygnu ymlaen ac âi 'Nhad yn gynyddol edliwgar nad oeddwn yn gneud digon i ennill fy mara-menyn. Byddwn innau'n styfnigo bryd hynny ac yn treulio llai a llai o amser yng nghwmni'r teulu ar fin nos a mwy yn fy nghwmni fy hun yn fy stafell, yn darllen neu'n synfyfyrio.

Rwy'n cofio mai noson o Ebrill oedd hi yng ngwanwyn cynta'r ganrif newydd, a minnau'n syllu allan drwy'r ffenest yn gwylio'r nos yn cau am yr Hafod. Roedd niwlen ysgafn wedi ymgripio'n araf i fyny'r cwm gan roi'r argraff ein bod wedi'n torri i ffwrdd oddi wrth y byd y tu allan. Taflai'r gannwyll gysgodion aflonydd ar y muriau o'm cwmpas a chlywn yr awel yn cryfhau ym mrigau'r griafolen yng nghornel y buarth. Pan drawodd y cloc mawr yn y gegin roedd ei sŵn yn llenwi'r lle, yn adleisio yn union fel mewn tŷ gwag. Wyth o'r gloch ar ei ben!

Am eiliad, wrth ei gweld yn ymrithio o'r niwl a'r gwyll, fe dybiais ein bod yn cael ymwelydd hwyrol. Yno yr oedd hi ar y bont, yn siâp aneglur yn y niwl.

Hyd fy medd fe gofiaf y cynnwrf a deimlais yr eiliad honno; y galon yn curo rywle yn fy ngwddf nes dal ar fy ngwynt, a'r iasau'n cosi yn fy ngwallt ac yn oer ar fy nghefn. 'Siân Pandy!' sibrydais. 'Ar fy llw!' Roedd hi'n pwyso'i chefn ar ganllaw'r bont ac yn syllu i fyny i'm cyfeiriad. Feiddiwn i ddim sychu'r ager oedd wedi hel ar wydr y ffenest er mwyn ei gweld yn gliriach rhag i hynny dynnu ei sylw neu beri iddi ddiflannu.

'Wn i ddim pa mor hir y safodd hi yno ond ymhen amser gwelais hi'n ymysgwyd ac yn dringo'r llwybr yn nes at y tŷ. *Ma hi'n dŵad i chwilio am 'i chariad*, meddyliais, gan ddwyn stori hogia'r pentre yn ôl i gof. *Dŵad i chwilio am Idris Hafod Wennol.* Daeth yn ddigon agos imi sylwi ar ei hwyneb gwelw, main a'i gwallt yn llaes ar ei hysgwyddau—gwallt golau ysgafn a disglair fel gwawn. *Dipyn o bisyn*, adleisiodd llais Ifan y Goetre yn fy mhen. Yr eiliad nesaf, roedd hi wedi cilio'n ôl dros y bont a diflannu i'r nos.

Chwerthin yn wamal wnaeth 'Nhad a gwenu'n dosturiol wnaeth Mam pan awgrymais iddyn nhw fy mod i wedi gweld yr ysbryd.

Tua'r un amser ddwy noson yn ddiweddarach roeddwn yn eistedd ar giât y buarth yn synfyfyrio. Roedd hi'n nosi'n braf, y lleuad yn codi'n llygad melynwyn dros y grib gan daflu myrdd o gysgodion i lawr y llechwedd o'i flaen a dwndwr y Nant yn dwysáu'r tawelwch. Pan sylwais arni roedd hi eisoes yn pwyso'i chefn ar ganllaw'r bont, yn edrych i fyny i'm cyfeiriad. Ond os oedd hi'n fy ngweld, doedd ei hwyneb yn dangos dim arwydd o hynny.

'Biti na faset ti'n medru gneud rhwbath amgenach efo d'amsar,' meddai 'Nhad pan ddwedais yr hanes wrtho. 'Mi fyddi wedi codi nychdod arnat dy hun. Pam nad ei di i lawr i'r pentra, wir Dduw, at dy ffrindia neu i chwilio am gariad ne rwbath!' Sut y medrwn i ddeud wrtho fy mod i eisoes mewn cariad â Siân Pandy!

Fe ymddangosodd hi y noson wedyn hefyd. Rhyfedd, ar ôl bron i wyth mis yn yr Hafod heb ei gweld, fel yr oedd hi rŵan yn ymddangos mor aml imi. Roeddwn newydd gyrraedd fy siambar pan sylwais arni'n dod i lawr o gyfeiriad y mynydd. Gwthiais fy wyneb yn erbyn gwydr y ffenest, imi gael ei gweld yn well. Yr un wisg olau, yr un wyneb gwelw, main, yr un gwallt llaes yn flerwch yn y gwynt. Roedd wal y buarth yn cuddio rhan isaf ei chorff ac yng ngolau'r lleuad cawn yr argraff ei bod yn llithro yn hytrach na cherdded heibio. Daeth i'm meddwl alw ar 'Nhad i'w gweld, i brofi iddo nad ffrwyth dychymyg oedd hi. Ond digwyddodd rhywbeth i'm rhwystro, rhywbeth a barodd gryn ddryswch imi ar y pryd. O gyfeiriad y beudy, fel roedd y lleuad yn mynd y tu ôl i gwmwl, ymddangosodd gŵr ifanc ar frys i'w dal. Gallwn weld, os nad clywed, ei fod yn gweiddi ar ei hôl a gwyddwn, oddi wrth y ffordd yr oedd yn chwifio'i freichiau, ei fod yn ddig. Am funud tybiais mai fy mrawd Robin oedd o ond doedd hynny'n gneud dim math o synnwyr. Robin fy mrawd yn dilyn ysbryd Siân Pandy! Na, roedd yn dalach na Robin ac yn dywyllach ei wallt. Ta waeth, er ei holl amneidio a dwrdio doedd hi'n cymryd dim gronyn o sylw ohono, yn ei anwybyddu'n lân. Ac felly y diflannodd y ddau dros y bont o'm golwg gan fy ngadael mewn dryswch llwyr.

Drannoeth daeth 'Nhad i fyny'r llwybr o'r Pandy a'i wyneb yn wên i gyd. 'Tyrd yma, Twm!' galwodd ac ymunais efo fo a Mam yn y gegin. Sylwais ar y cellwair yn ei lygad. 'Dw i newydd gwarfod dy ysbryd di,' meddai. 'Hogan fach annwyl iawn hefyd! . . . A del!'

'Be 'dach chi'n feddwl?'

'Wel yr hogan 'ma sy'n codi dychryn arnat ti ar Lwybyr y Nant . . . Be 'di 'i henw hi hefyd, d'wad?'

'Siân Pandy 'dach chi'n feddwl?' gofynnais yn betrus.

'Ddim cweit, Twm bach! . . . Ddim cweit!' A thorrodd ei fol yn chwerthin. '*Jane* Pandy wyt ti'n feddwl! . . . Jane, nid Siân!' Ac aeth ymlaen i wawdio. 'Chdi a dy ysbryd! Mae nith i Mathew a Lowri Morris yn aros efo nhw ers wsnos . . . wedi cael gwaeledd go hir . . . 'i hwynab hi'n welw iawn o hyd wel'di! . . . ac wedi dŵad at 'i hewyrth a'i modryb am dipyn o wylia a gwynt mynydd . . . Jane ydi 'i henw hi, sylwa! . . . a dw i'n dallt 'i bod hi wedi cerddad y llwybyr i fyny at yr Hafod 'ma droeon, ar ôl swpar, gan amla! . . . er mwyn dychryn amball freuddwydiwr penchwiban . . . neu falla, wrth gwrs, jest er mwyn cael 'chydig o awyr iach!'

Wyddwn i ddim yn iawn sut i ymateb. Oedd, roedd fy nhad wedi llwyddo yn ei fwriad ac wedi gneud imi deimlo'n dipyn o ffŵl. Dw i'n dal i wrido rŵan wrth feddwl am y peth. Sut ar y ddaear oeddwn i wedi medru dychmygu mai ysbryd oedd hi yn y lle cynta? Be oedd wedi creu'r fath argraff? Stori Ifan y Goetre gafodd y bai gen i, beth bynnag. Ond fe deimlwn rywfaint o ryddhad hefyd. Os mai merch o gig a gwaed oedd hi wedi'r cyfan . . . wel, roedd mwy o obaith i mi ennill ei serch hi nag ennill serch ysbryd!

Ta waeth, y noson honno fe gynllwyniais i'w chwarfod, ar hap fel petai, ar Lwybr Nant Arw.

'Mynd allan?' meddai Mam yn syn gan droi i edrych ar y cloc mawr. 'Chwarter i wyth! I ble ar y ddaear yr ei di yr adag yma o'r nos, a hitha mor annifyr?'

Roedd y tywydd wedi troi a niwl trwchus llaith wedi llyncu'r mynydd a'r cwm.

'I chwilio am ysbryd, falla . . .' meddai 'Nhad dros ei ysgwydd, 'ond dydi ysbrydion ddim yn rhyw hoff iawn o 'lychu cofia! . . . Ac maen nhw'n anodd i'w gweld mewn niwl, meddan nhw i mi!'

Jest fel fo i roi ei fys ar yr union ofnau oedd gen i!

'Trawa sach dros d'ysgwydda!' galwodd Mam wrth i mi droi am y drws. 'Waeth iti heb â glychu'n ddiangen. Cofia dy iechyd!'

'Mi wneith les iddo fo,' meddai 'Nhad o dan ei wynt. 'Mi oerith y glaw dipyn ar 'i ben gwirion o.'

Roeddwn wedi hen arfer efo'i gellwair crafog ond roedd ei wawd yn brifo. Trewais gap ar fy mhen a hen sach dros f'ysgwyddau a chaeais y drws yn ddig ar f'ôl.

Doedd hi ddim yn noson oer o gwbl ac roedd rhywbeth yn bleserus yng ngoglais ysgafn y glaw mynydd ar fy wyneb. Ni allwn weld y Nant o ddrws y tŷ. Swniai'n bell i ffwrdd, ei dwndwr fel pob sŵn arall wedi ei fygu gan y niwl.

Erbyn imi gyrraedd y llwybr ac edrych yn ôl, doedd Hafod y Wennol yn ddim ond siâp aneglur yn y caddug llwyd a'r golau yn ffenest y gegin yn ymddangos yn unig iawn, fel petai'n perthyn i fyd arall. Afreal oedd sŵn fy nghamau hefyd wrth i hoelion f'esgidiau trymion glecian ar y llwybr caregog—pob cam fel ergyd gwn.

Cerddais cyn belled â'r Pandy heb ei gweld. Bûm yn ddigon hy hefyd i sbecian drwy ffenest y bwthyn a gweld Lowri Morris yn slwmbran yn ei chadair siglo, ei gweill yn segur ar ei glin a'r fawnen yn mudlosgi yn y grât. Doedd neb arall yn y stafell. Cofiais imi glywed 'Nhad yn deud fod Mathew wedi mynd ar un o'i deithiau porthmona i Loegr. Tybed a oedd *hithau* wedi mynd hefyd . . . wedi dychwelyd adref, ble bynnag oedd hynny? A throis yn siomedig i ddringo'r llwybr drachefn, yn ymwybodol bellach o'r gwlybaniaeth yn treiddio trwy felfaréd trwchus fy nhrowsus ac yn oer ar fy mhen-gliniau. Tynnais y sach yn dynn am fy ngwddw rhag i'r glaw redeg i lawr fy ngwar.

O'r Pandy i fyny at y bont oedd rhan serthaf y llwybr a bu'n rhaid aros fwy nag unwaith i gael fy ngwynt ataf. Erbyn hyn roedd awel oer wedi codi a chwalu 'chydig ar y niwl. Teimlwn yn hynod fflat a diysbryd. Os oedd hi wedi mynd adre'n ôl, go brin y cawn i ei gweld hi byth eto. Ar ben hynny,

byddai'n rhaid wynebu gwawd fy nhad a chrech-
wen fy mrodyr. Yn llawn hunandosturi eisteddais
ar garreg ar fin y llwybr, ryw ddegllath yn is na'r
bont. Gallwn weld canllaw honno'n ddu drwy'r
niwl a chlywed y pistyll yn cael ei draflyncu gan y
pwll.

Pa mor hir y bûm i'n eistedd yno'n hel meddyliau
ac yn gwlychu, alla i ddim deud ond pan godais i
ailgychwyn rhoddodd fy nghalon naid. Yno yr
oedd hi ar y bont yn syllu dros y canllaw i'r dŵr
islaw. Y tu ôl iddi safai'r bachgen gwallt-tywyll y
cefais gip arno unwaith o'r blaen yn ei chwmni.
Roedd ef yn cuchio'n arw ac yn dwrdio'n flin yn ôl
yr arwyddion, er nad oedd sŵn ei lais yn fy nghyr-
raedd. Chwifiai ei ddwylo'n fygythiol i bwysleisio
pa ddadl bynnag oedd ganddo, ond doedd hi'n
cymryd mo'r sylw lleia. Roedd yn ei anwybyddu'n
lân a rhyfeddwn at y fath hunanfeddiant. Yna
gwelais hi'n sythu a heb edrych arno o gwbl yn troi
i'w adael. Yn yr eiliad honno yr erys y dirgelwch.
Camodd y llanc ymlaen i'w rhwystro a chododd ei
ddwylo i'w gwthio'n ôl yn erbyn canllaw'r bont
gul. Hyd heddiw alla i ddim bod yn siŵr a
gyffyrddodd ynddi ai peidio ynteu ai llithro'n ôl
wnaeth hi. Ond mae clec y coedyn yn hollti a'r
darlun ohoni'n syrthio'n bendramwngl oddi ar y
bont yn aros yn fyw iawn yn fy nghof. Dw i'n cofio
gweiddi'n orffwyll arno fo am neud y fath beth,
ond chymerodd o ddim sylw, dim ond troi yn ei
ddychryn a diflannu i'r niwl i gyfeiriad Hafod y
Wennol.

Fe ruthrais orau y medrwn i i lawr at ymyl y pwll a neidio i'r dŵr heb aros i resymu. Medrais gydio ynddi a'i llusgo rywsut neu'i gilydd i'r lan.

Roedd hi'n pesychu ac yn tagu ac wedi dychryn yn arw. Yna, wedi cael ei gwynt ati, trodd yn ddiolchgar ataf a dagrau yn llenwi ei llygaid.

'Diolch ... Idris,' meddai hi.

'Idris?' meddwn innau mewn syndod. 'Nage, Twm ydw i ... Dw i'n byw yn Hafod Wennol.'

Am eiliad edrychodd arnaf yn ddiddeall, yna cliriodd ei llygaid. 'O ia, dw i wedi clwâd 'modryb yn sôn amdanoch chi.'

'Ydach chi'n iawn?' gofynnais yn bryderus wrth ei gweld yn crynu.

'Ydw, diolch. Rhaid bod canllaw'r bont wedi pydru ... a finna wedi bod yn ddiofal.'

'Nid arnoch chi roedd y bai, Siân.'

Ei thro hi oedd edrych yn syn. 'Nage,' meddai hi. 'Jane, nid Siân ...'

Gwridais wrth sylweddoli fy nghamgymeriad ond aeth hi ymlaen.

'... 'Wn i ddim yn iawn sut y digwyddodd y peth ... Mor sydyn, rywfodd.'

'Arno fo roedd y bai ... Y fo a'ch gwthiodd chi yn erbyn y canllaw.'

'Y fo?' meddai hi ac edrych arnaf fel pe bai'n amau fy mhwyll. 'Pwy, felly?'

Y sioc wedi gadael ei effaith, meddyliais. 'Yr hogyn oedd efo chi ar y bont ... yn ffraeo efo chi ... Roeddech chi wedi meddwl mai fo oeddwn i, falla, pan dynnais i chi o'r dŵr ... Idris ddaru chi 'ngalw fi, beth bynnag.'

'Hogyn? Ffraeo?' Edrychodd yn graff arnaf a gwyddwn fod ei meddwl a'i chof yn berffaith glir. 'Doedd 'na neb efo fi ar y bont . . . Rhaid eich bod chi wedi gneud camgymeriad . . . A dydw i'n nabod 'run Idris.'

Rhythais, yn gyntaf arni hi ac yna i fyny i gyfeiriad Hafod y Wennol. Yn araf, o'r niwl, daeth dealltwriaeth oer, oerach filwaith na'r dillad diferol amdanaf. Roedd fel pe bai rhywun yn cerdded dros fy medd.

'Ydech chi'n iawn?' gofynnodd yn bryderus gan roi ei llaw ar fy mraich fel pe bai i atal fy nghryndod. 'Rydech chi wedi gwelwi'n arw . . . ac yn crynu fel . . . fel taech chi wedi gweld ysbryd!'

Dos yn fy ôl i, Satan . . .

—Elfyn Prichard

'Sgwennu i blesio syr eto'r crafwr diawl!'

Yr oedd gwawd yn llais Iwan wrth iddo afael yn llyfr Myrddin a rhoi plwc sydyn iddo nes bod y beiro yn torri cwys ddofn, las ar hyd y papur.

Yr oedd Myrddin yn teimlo'n rhwystredig. Roedd o wedi cael pnawn cyfan i sgrifennu stori gan fod rhai o athrawon yr ysgol yn absennol, a dyma fo'n methu sgrifennu dim, yn methu meddwl am na chynllun na thema i'w stori, ac yn gorfod bodloni ar daro geiriau i lawr yn ddifeddwl yn ei lyfr.

Pan geisiodd Iwan dynnu'r llyfr oddi arno, fe wylltiodd yn sydyn, a theimlodd ruthr y gwaed yn poethi ei ruddiau. Safodd ar ei draed ar amrantiad, a chyn llawn ystyried beth roedd o'n ei wneud rhoddodd ffasiwn ergyd i Iwan ar draws ei ddannedd nes i hwnnw gael ei hyrddio i'r llawr a tharo ei ben yn egr yn erbyn coes y ddesg wrth ddisgyn, nes bod yr ergyd yn atseinio drwy'r dosbarth.

Gorweddodd yno'n llonydd a'r gwaed yn treiglo o'i geg, a rhuthrodd rhai o'r disgyblion ato i'w godi. Rhuthrodd Myrddin tuag ato hefyd ond gafaelodd Mr Prys—yr athro oedd yn goruchwylio'r dosbarth y pnawn hwn—ynddo a'i ddal yn ôl rhag iddo ymosod ymhellach ar y llanc oedd ar y llawr.

'Y bastard digywilydd,' gwaeddodd Myrddin ar Iwan. 'Gobeithio 'mod i wedi dy ladd di'r cythrel hyll.'

Ceisiodd ymryddhau ond roedd yr hen Brys yn gafael ynddo fel gelen.

Yn ffodus doedd Iwan fawr gwaeth er gwaetha'r ergyd i'w ben, ond pan edrychodd yr athro ar Myrddin, gwelodd olau gorffwyll yn ei lygaid ac ewyn gwyn yn cronni o gwmpas ei geg. Roedd o'n union fel pe bai wedi cael ffit, ac arswydodd wrth ei weld. Fe'i hysgydwodd yn iawn ac yn raddol cil-iodd y golau rhyfedd o'i lygaid, ymdawelodd a daeth yn ei ôl i'r presennol fel pe bai wedi bod mewn llesmair.

'Mi allet fod wedi peri niwed mawr iddo fo,' meddai'r athro'n ddifrifol. 'Mi allet ti fod wedi ei ladd. Gofala di na ddigwydd dim byd o'r fath eto, neu mi gei di dy gosbi'n drwm.'

Yr oedd y dosbarth yn gynnwrf i gyd, a chafodd Mr Prys gryn drafferth i'w dawelu drachefn. Yn raddol fe beidiodd y symud a'r siarad, ond roedd mwy nag un yn taflu golwg lechwraidd i gyfeiriad Myrddin, a theimlai pawb ryw ofn rhyfedd yn eu cerdded wrth edrych arno. Doedden nhw erioed wedi gweld ei dymer yn codi mor ddisymwth nac mor ffrwydrol o'r blaen.

Oedd, yr oedd Myrddin yn teimlo'n rhwys-tredig. Pnawn cyfan i sgrifennu ac yntau'n methu! Yr eisiau sgrifennu, yr angen i sgrifennu yn fawr, ond dim gweledigaeth yn dod. Pa ryfedd iddo ymateb fel y gwnaeth i wawd Iwan! Onid oedd o'n teimlo ei fod ar fin cyflawni rhywbeth o bwys? Onid oedd cynnwrf y crëwr yn ei gerdded? Ac eto roedd o'n methu, yn methu.

Eisteddodd yn dawel yn ei sedd a chlywed cur-iadau ei galon yn dabwrdd yn ei arlais. Teimlodd y cynnwrf mewnol yn graddol gilio fel môr ar drai. Edrychodd o'i gwmpas ar waliau moelion a di-baent yr ystafell a chludwyd ef yn ôl i'r gorffennol. Gwelodd waliau lliwgar, deniadol yr ysgol gyn-radd y bu ynddi. Cofiodd yn glir y tro cyntaf y cafodd hwyl arbennig ar sgrifennu. Naw oed oedd o ar y pryd a 'Diwrnod Còfiadwy' oedd y testun . . .

*   *   *

Roedd hi wedi bod yn storm anarferol y diwrnod hwnnw ac ni chafodd yr un o'r plant roi troed drwy'r drws. Rywbryd yn ystod y pnawn tua'r amser pan oedd y plant yn dechrau ar eu gwaith sgrifennu fe hyrddiwyd drws y dosbarth yn agored a llanwyd yr ystafell â gwynt nerthol nes bod llyfrau a phapurau'n chwyrlïo i bobman. Hwn oedd anterth y storm; cilio'n raddol wnaeth hi wedyn, ac aeth Myrddin ati i sgrifennu fel pe bai'r dymestl wedi ei ysbrydoli.

Cofiodd y fath hwyl a gafodd wrth ddisgrifio diwrnod cofiadwy yn ei hanes—diwrnod te parti, a'r arlwy a roddwyd ger ei fron. Sgrifennodd am deimlad y brechdanau meddal dan ei ddwylo, am yr arogleuon hyfryd a godai o'r bwrdd, am flas y danteithion wrth iddyn nhw doddi o dan ei ddan-nedd, am sŵn diod oren yn cael ei thywallt i wydryn a chreision yn siffrwd wrth iddo estyn ei law amdanyn nhw, ac am loddest lliw bwrdd y wledd.

Cofiodd eiriau canmol yr athrawes a'i darogan y byddai Myrddin Ioan yn sgrifennwr mawr ryw ddiwrnod. Ac wrth gwrs, am yr wythnosau nesaf, pan nad oedd sgrifennu Myrddin yn ddim byd tebyg i'w orchestwaith am y te parti, byddai'r athrawes yn edliw hynny iddo ac yn amneidio at y gwaith oedd wedi ei osod mewn lle o anrhydedd ar fur y dosbarth.

Cofiodd Myrddin yn glir fynd adre'r diwrnod hwnnw, mynd ar frys a'i wynt yn ei ddwrn i gael dweud wrth ei fam am ei lwyddiant. Pan agorodd y drws a chamu i'r cyntedd clywodd arogleuon jeli a theisennau wedi eu coginio yn dod i'w gyfarfod o'r tŷ.

'Ddoist ti, 'ngwas i? Diolch bod y gwynt wedi tawelu cyn hanner awr wedi tri. Mae hi wedi bod yn ofnadwy. Meddwl y basen ni'n dau yn cael rhyw ddathliad bach efo'n gilydd y pnawn yma,' ychwanegodd gan sychu deigryn o gongl ei llygaid wrth i'r ddau fynd drwodd i'r gegin.

Roedd y bwrdd yn llawn danteithion, brechdanau bychain di-grwst, creision, rholiau selsig, jeli, ffrwyth, cacennau a theisennau o bob math.

'Be yden ni'n ei ddathlu, Mam? Dydi hi ddim yn ben-blwydd neb heddiw.'

'Nac ydi, 'ngwas i, ond deng mlynedd yn ôl i heddiw y priodais i dy dad. Gan nad ydi o efo ni mwyach roeddwn i'n meddwl y caen ni'n dau de bach i gofio.'

Eisteddodd y ddau i lawr wrth y bwrdd.

'Dyna beth rhyfedd, Mam, mi fûm i'n sgrifennu am de parti yn union fel hwn yn ystod y pnawn.'

'Do wir? Wel dyna dda.'
'Ac mae Miss Jones wedi rhoi'r gwaith ar y wal.'
'Da iawn ti. Mwy o reswm fyth dros inni ddathlu, yntê?'

Roedd hynny chwe blynedd yn ôl pan oedd Myrddin yn naw, ond fe gofiai'r achlysur yn glir. Hwyrach mai'r ffŷs a wnaeth yr athrawes o'r hyn sgrifennodd a argraffodd y peth ar ei gof, neu'r cyd-ddigwyddiad o gael parti yr un diwrnod, neu hwyrach ryferthwy'r storm; storm na welwyd ei thebyg na chynt nac wedyn yn y fro.

Aethai dwy flynedd heibio cyn iddo gael cystal hwyl arni wedyn, ac yntau bellach yn ei dymor olaf yn yr ysgol gynradd. Cofiai'r achlysur yn iawn, yn enwedig ganmoliaeth hael y prifathro a'r dicter a'i meddiannodd am na chafodd ei ganmol gan ei fam.

Stori dditectif oedd y testun, ac roedd gan y plant wythnos i'w chwblhau. Ond sgrifennodd Myrddin ei stori ar un eisteddiad. Ar y cyntaf doedd y testun yn denu dim arno, a bu'n eistedd yn llonydd am hydoedd a'i feddwl yn crwydro i bobman. Yna, ar amrantiad bron, fel pe bai rhywun wedi gafael yn ei law a'i harwain at y papur, dechreuodd sgrifennu. 'Pwy laddodd y gath?'—dyna'r testun a sgrifennodd ar ben y dudalen ac aeth ati i lunio stori gelfydd am gath a laddwyd un noson mewn cartref oedd yn llawn o anifeiliaid anwes. Roedd y ci, yr hamster, y mochyn cwta a'r poli parot i gyd yn llofruddion posibl, a bu holi manwl a chwilio dyfal am gliwiau.

O, roedd hi'n stori dda, yn llawn ffantasi a hwnnw wedi ei gyflwyno'n gelfydd a chredadwy. Gymaint felly nes i'r prifathro, wrth ddarllen y stori i weddill y dosbarth, ddarogan y gallai Myrddin maes o law fod yn un o brif lenorion y genedl. Aeth y stori ar ei hunion, ar ôl ei chywiro a'i thwtio beth, i lyfr storïau'r dosbarth.

'Myrddin,' meddai'r prifathro wrtho, 'dwyt ti ddim wedi sgrifennu dim byd tebyg ers cantoedd. Gobeithio y cawn ni ragor o waith tebyg gen ti. Mae gen ti ddawn, cofia, rhaid i ti ei meithrin.'

Doedd Myrddin ddim yn siŵr iawn beth oedd ystyr geiriau'r prifathro, ond gwyddai mai geiriau yn ei ganmol oedden nhw, ac roedd o'n hymian canu wrtho'i hun wrth gerdded adref o'r ysgol y diwrnod hwnnw. Daeth arno'r awydd i redeg er mwyn cael dweud wrth ei fam a chael clywed ei chanmoliaeth hi, ond gwyddai mai peth plentynnaidd i'w wneud fyddai rhedeg felly, a daliodd i gerdded er bod ei goesau yn ysu am gael mynd a'i dafod yn ysu am gael dweud am ei gampwaith ac am eiriau'r prifathro.

Pan rowndiodd y gornel olaf ger ei gartref gwelodd rywbeth yn gorwedd ar y ffordd. Cath ddu, wedi ei tharo gan gar a'i lladd. Dynesodd Myrddin ati a gwelodd mai Smwcen, eu cath hwy, oedd hi. A dweud y gwir doedd Myrddin ddim yn arbennig o hoff ohoni, roedd yna rywbeth yn ferchetaidd mewn bod yn berchen cath. Byddai'n well ganddo ef gi, a hwnnw'n gi mawr, ond gwrthod wnâi ei fam bob tro y swniai, gwrthod a mwytho ac anwesu'r gath fel pe bai hi yr aelod mwyaf gwerthfawr o'r teulu.

Aeth Myrddin i'r tŷ'n ddigalon y pnawn hwnnw, nid am fod y gath wedi ei lladd, ond am na fyddai ei fam yn cymryd unrhyw sylw o'i stori a'r ganmoliaeth a gafodd o yn yr ysgol, gan y byddai'n llawn ei galar am y gath pan glywai beth oedd wedi digwydd iddi. Clywodd don o wylltineb a chenfigen at yr anifail marw yn tynhau'r cyhyrau yn ei wddw ac yn ei fygu bron. Ond wrth lyncu ei boer yn galed ciliodd y teimlad a cherddodd i mewn i'r tŷ i dorri'r newydd i'w fam.

Hwn oedd cyfraniad llenyddol olaf Myrddin yn yr ysgol gynradd. Yn ôl i waith di-fflach y dychwelodd wedi stori'r gath, ac er i'r prifathro nodi ar yr adroddiad a drosglwyddwyd amdano i'r ysgol uwchradd fod ganddo allu anghyffredin i sgrifennu'n fyw a dychmygus, ni welodd yr athrawon yn yr ysgol honno ddim byd arbennig yn ei waith am o leiaf ddwy flynedd.

Yna, ac yntau'n dair ar ddeg oed, ac yn y trydydd dosbarth, fe gafodd ennyd o ysbrydoliaeth drachefn, a chofiai bob manylyn yn glir. Roedd yr athro wedi chwarae darn o gerddoriaeth i'r disgyblion er mwyn ceisio eu symbylu. Dechreuai'r darn gydag alaw swynol yn cael ei chyflwyno ar y ffidil; yna yn ei ganol roedd yna funudau o gynnwrf ac arswyd, o drasiedi; yna dychwelai'r alaw wreiddiol ond yn y cywair lleddf y tro hwn i gyfleu teimlad o wae ac anobaith.

Cyn bod eco'r cord olaf wedi distewi roedd Myrddin wedi dechrau sgrifennu; sgrifennu am

69

deulu dedwydd yr oedd eu bywyd i gyd yn gân, yn fordaith ddigynnwrf ar fôr tawel bywyd dan awelon balmaidd; sgrifennu am y brofedigaeth ysgytiol a ddaeth i ran y teulu hwnnw nes eu hysigo, am y ddamwain erchyll a gafodd y gŵr ac effaith hynny ar fywydau'r wraig a'r plant. Ni allai ymatal rhag sgrifennu. Roedd o fel Duw yn trefnu bywydau pobl, ac fel diafol yn gloddesta ar eu galar, ar deimladau tyner, ar dorcalon.

Er bod yn y stori enghreifftiau o orsgrifennu a gorddisgrifio, yr oedd wedi syfrdanu'r athro, a gwelodd am y tro cyntaf yr addewid a ddaroganwyd yn adroddiad yr ysgol gynradd.

Ond nid canmoliaeth hael yr athro a achosodd iddo gofio am y diwrnod arbennig pan sgrifennodd o'r stori, ond y cyd-ddigwyddiad syfrdanol a barodd na chafodd gyfle i ddweud wrth ei fam am ei orchestwaith.

Pan gyrhaeddodd adref y noson honno roedd ei fam yn ei dagrau, ei llygaid yn gochion a'i hwyneb yn chwyddedig. Roedd hi'n amlwg iddi fod yn crio ers oriau. Rhwng ocheneidiau dirdynnol a phlyciau aflywodraethus o grio llwyddodd i ddweud wrtho fod ei hunig chwaer—Modryb Gwen—wedi ei lladd mewn damwain awyren. Roedd yr awyren wedi mynd ar dân wrth godi o'r ddaear, ac ni chafodd yr un o'r teithwyr gyfle i ddianc cyn i'r fflamau a ledaenodd fel mellten drwy gorff yr awyren eu difa'n llwyr.

Cof plentyn bach oedd gan Myrddin am ei fodryb. Roedd hi wedi mynd i fyw i Awstralia pan oedd ef yn ddim o beth, ac yno y digwyddodd y ddamwain. Cofiai amdani'n ymweld o dro i dro ac yn rhoi anrhegion iddo, yn rhoi ei llaw yn gyfeillgar ar ei ben a'i ganmol am fod yn hogyn da. Ond doedd o ddim yn ei hadnabod, ac nid amdani hi y meddyliodd pan glywodd am y ddamwain, ond am y disgrifiad yn ei stori pan aeth yr awyren yr oedd y tad yn teithio ynddi ar dân . . .

Bwytaodd y fflamau barus gorff yr awyren mewn amrantiad cyn gwledda'n fasweddus ar gyrff diamddiffyn y teithwyr. Llosgi eu dillad i ddechrau a'r rheini'n toddi a chydio yng nghroen y bobl, ac yna llosgi cnawd a chyhyrau'n golsyn.

Soniodd am y cyd-ddigwyddiad wrth ei fam, ond y cyfan a wnâi hi oedd wylo a meddwl am ei chwaer, a theimlai Myrddin yn ddig tuag ati am ddiystyru ei greadigaeth ef ac yntau wedi cael cystal hwyl arni . . .

*   *   *

Oedd, roedd Myrddin wedi cael pnawn rhwystredig. Nid yn aml y cyrhaeddai'r pinaclau wrth sgrifennu, ond roedd o wedi teimlo y diwrnod hwnnw ei fod am gyfansoddi campwaith ei fywyd, wedi teimlo y byddai'n creu rhywbeth o bwys, rhywbeth fyddai'n drobwynt yn ei hanes, yn hanes y ddynoliaeth efallai. A dyma fo'n methu. Ac Iwan yn gwneud sbort am ei ben! Pa ryfedd iddo wylltio fel y gwnaeth a gweld y byd yn goch. Ond yr oedd dwyn i gof ei orchestion llenyddol yn y gorffennol wedi graddol dawelu'r storm yn ei fynwes. Eisteddodd yn llonydd yn ei sedd gan wybod bod pennau yn troi'n aml tuag ato a bod yr athro'n ei wylio dan ei guwch. Ond ni faliai am hynny. Chwaraeodd efo'r beiro rhwng ei fysedd, ac yna'n ddisymwth bron dechreuodd sgrifennu. Cafodd fod ei law yn arwain y beiro at y papur a'r stori'n dod yn dalpiau, frawddeg wrth frawddeg, baragraff wrth baragraff i'w feddwl . . .

Nid dyn drwg cyffredin oedd John Merlin, ond ymgorfforiad o'r diawl ei hun. Y mae i'r rhan fwyaf o ddynion drwg ryw agweddau da; gall y dyn gwaethaf golli deigryn uwch arch ei fam; y mae i'r adyn pennaf dant tyner yn rhywle y gellir, o'i ddarganfod, greu rhyw hen hiraeth wrth ei chwarae.

Ceisiodd Myrddin roi ei feiro i lawr er mwyn darllen y paragraff, ond roedd grym ei greadigrwydd yn ei yrru ymlaen.

Ond nid oedd rhithyn o ddaioni yn John Merlin. Roedd o'n gwbl ddrwg, yn berffaith ddrwg, yn pesgi ar greulondeb a bwystfileiddiwch, ar drais a gormes, ar boen a dioddefaint eraill. Erbyn ei fod yn un ar hugain oed yr oedd golwg ddiafolaidd sinistr arno; ei wyneb yn welw fel y farwolaeth a greai, ei lygaid yn leision oer seicopathig ac yn ddwfn yn eu socedau, ei wefusau'n feinion a'i ruddiau wedi pantio. Yr oedd ei wallt du fel y frân ynghyd â'r dillad duon a wisgai yn gwneud i'w

72

wyneb edrych fel wyneb corff mewn arch. Yr oedd sawr marwolaeth o gwmpas ei holl berson a cherbyd angau yn ei ddilyn i bobman. Pan fyddai o gwmpas trôi tinc pob cloch yn gnul. Ymwthiai'r plant bach i gôl eu mamau pan welent ef a chroesai pobl y stryd yn hytrach na'i gyfarfod.

Cafodd yrfa lwyddiannus o lofruddio a lladrata. Lladdodd ei fam weddw pan oedd yn hogyn ysgol pymtheg oed a gadawodd ei gartref i fyw mewn dinasoedd. Pan ddeuai gwanc arno lladdai yn ddireswm fel ci yn lladd defaid. Treisiai ferched yn anifeilaidd ffyrnig a'u lladd wedyn gan daflu eu cyrff ymaith yn ddirmygus fel doliau clwt ar domennydd sbwriel. Ymosodai ar fabanod yn eu pramiau, ar blant ysgol, ar ieuenctid, ar yr henoed. A'r un fyddai ei ddull o'u lladd bob un; gwasgu'r bywyd ohonyn nhw nes y byddai eu llygaid yn neidio allan o'u pennau a'u hwynebau yn gwelw-lasu yn nawns yr angau terfynol.

Pan oedd yn bump ar hugain oed fe wnaeth y camgymeriad a oedd i gau drws y carchar arno am weddill ei oes. Ar ôl dianc ar frys yn dilyn llofruddiaeth putain fe grafodd ei gar yn erbyn polyn lamp a gadael sbecyn o baent ar ei ôl. Y sbecyn hwnnw fu'n ddolen gyntaf yn y gadwyn a'i caethiwodd ac a'i harweiniodd i garchar am oes ymysg eraill o wehilion cymdeithas . . .

Cododd Myrddin ei ben o'i bapur ac ysgydwodd ei law gan ei bod wedi hen gyffio. Darllenodd yr hyn a sgrifennodd a'i hoffi. Hoffi'r darlun o ddyn cwbl ddrwg. Ond eto roedd o'n anfodlon. Nid adrodd stori bywyd John Merlin yr oedd o ond sgrifennu traethawd. Byddai'n rhaid iddo fanylu ar rai episodau ym mywyd ei arwr. Byddai'n rhaid iddo ddechrau drwy esbonio sut y bu'r weithred o ladd ei fam a'r pleser rhyfedd a gafodd wrth wneud hynny yn fan cychwyn i lwybr drygioni'r gŵr.

Yr oedd ganddo dros awr o amser cyn diwedd y pnawn ac aeth ati fel lladd nadroedd i ddisgrifio'r ffrae a gafodd John Merlin efo'i fam o achos rhywbeth digon dibwys ac fel y bu i wallgofrwydd tymer ei feddiannu nes iddo ei thagu. Disgrifiodd deimladau Merlin wrth iddo wasgu ei gwddf, y teimlad o gyffro a chynnwrf a'r awydd i wasgu mwy a mwy. Disgrifiodd boenau'r fam a'i hymladd gorffwyll yn erbyn y gafael feis ar ei gwddf, ac yna'r graddol wanhau fel y llifai'r bywyd o'i chorff cyn disgyn ohoni yn swp marw i'r llawr a'i mab yn glafoerian yn gynhyrfus wallgof uwch ei phen.

Oedd, roedd Myrddin yn cael hwyl arni. Roedd o wrthi fel trên ac ni chododd ei ben nes sgrifennu'r frawddeg olaf a hynny ar yr union adeg pan oedd yr athro'n ei ysgwyd ac yn dweud wrtho fod y gloch wedi hen ganu a'i bod yn amser mynd adref.

Yr oedd coesau Myrddin bron yn rhy wan i'w gynnal wrth iddo godi a chasglu ei lyfrau a'i bapurau ynghyd. Roedd fel petai wedi rhoi ei holl ynni yn ei stori, wedi trosglwyddo ei nerth i'w greadigaeth.

Wrth gerdded i'r cyntedd i nôl ei gôt daeth Emlyn, bachgen o'r chweched cyntaf, heibio.

'Hwde,' meddai, gan daro casét fideo yn ei law. 'Tyrd â fo yn ôl i'r siop bore fory, cofia.'

Dyna pryd y sylweddolodd Myrddin ei bod yn nos Wener, y noson y câi fenthyg ffilm fideo gan Emlyn ac y câi gyfle i'w gwylio gan fod ei fam yn mynd allan i weld ffrindiau. Ffilmiau gwaedlyd yn llawn trais oedden nhw, a rhai lled rywiol hefyd, ffilmiau yn sicr na fyddai ei fam, pe bai hi'n gwybod, yn caniatáu iddo eu gweld.

Stwffiodd y fideo i ganol y llyfrau yn ei fag ysgol ac yna cerddodd at y bws. Ni cherddodd yr un o'r disgyblion eraill efo fo y pnawn hwnnw. Roedden nhw i gyd yn cofio ei ymosodiad ciaidd ar Iwan ac yn cadw draw oddi wrtho. Ond ni faliai. Roedd y gwynt yn codi a'r glaw yn pistyllio i lawr. Fe fyddai'n noson fawr. Ond ni faliai. Roedd o wedi cyfansoddi campwaith yn yr ysgol y diwrnod hwnnw, ac yr oedd hi'n nos Wener!

Gwraig ganol oed ifanc oedd Ann Ioan, mam Myrddin. Doedd hi ddim eto'n ddeugain oed, ond roedd colli ei gŵr yn nyddiau cynnar y briodas a gorfod magu ei hunig blentyn heb gymorth cymar wedi dyfnhau y rhychau yn ei hwyneb a dod â llawer o wyn i ddüwch ei gwallt. Ychydig iawn o fywyd cymdeithasol oedd ganddi, ar wahân i ymweld â chyfeillion bob nos Wener. Weddill yr amser roedd hi'n hollbresennol yn y tŷ, yn gweini ar ei mab fel morwyn yn gweini ar ei harglwydd, yn ei ddifetha ac yn ei faldodi, yn ei orfodi yr un pryd i weithio'n galed er mwyn dod ymlaen yn y byd. Roedd sylw ei fam o'r pwys mwyaf i'r mab, ond erbyn hyn roedd ei gorofal wedi creu iddo yn ei gartref ei hun awyrgylch gyfyng, dynn, a wnâi iddo hiraethu am y dyddiau pan fyddai'n ddyn ac yn rhydd o'i hualau.

Ond yr oedd nos Wener yn wahanol i bob noson arall. Roedd yna ryddid ar nos Wener, rhyddid iddo wneud yr hyn a fynnai, a chrwydro'n rhydd o gwmpas y tŷ heb fod neb yn gofyn i ble'r oedd o'n mynd hyd yn oed pan âi i'r lle chwech. Rhyddid hefyd i edrych ar y ffilm fideo a heno roedd ganddo ffilm oedd yn edrych yn arbennig o gyffrous—*Merch y Diafol*, ffilm am addolwyr y diafol a'u defodau wrth aberthu merch ifanc.

Cyn swper darllenodd Myrddin ei stori i'w fam, ond oeraidd oedd ei hadwaith hi iddi, ac o ganlyniad roedd o a'i ben yn ei blu yn ystod swper. Roedd hi'n falch o gael codi a mynd i wisgo cyn mynd allan i'r storm i ymweld â'i chyfeillion.

Wedi iddi fynd tynnodd Myrddin y llenni i gau allan y nos a'r ddrycin, yna estynnodd y ffilm o'i fag ysgol a'i gosod yn y peiriant cyn eistedd yn gyfforddus i fwynhau'r ddwyawr nesaf.

Roedd hi'n ffilm gynhyrfus, gyffrous, waedlyd, a'r uchafbwynt oedd yr olygfa yn yr hen eglwys ddadfeiliedig lle'r oedd prif offeiriad y cwlt yn aberthu merch ifanc un ar bymtheg oed. Tynnwyd ei dillad a'i rhoi i orwedd yn noeth ar yr allor a'i chlymu ddwylo a thraed cyn ei thrywanu â chyllell a'i lladd.

Fel y dynesai'r ffilm at ei huchafbwynt, eisteddai Myrddin ar ymyl y gadair gan agor a chau ei ddyrnau yn ei gyffro. Roedd o wedi ymgolli yn y stori ac ni chlywodd y drws yn agor. Ond yn fuan iawn synhwyrodd fod rhywun heblaw ef yn yr ystafell a throdd i edrych. Yr oedd ei fam yn sefyll y tu ôl iddo, y glaw yn diferu o'i chôt a'i hwd, ei llygaid wedi eu hoelio ar y sgrîn a'i hwyneb yn welw, welw.

Pan siaradodd, prin y gallai lefaru'r geiriau gan faint ei dicter.

'Myrddin, rhag cywilydd i ti. Rhag cywilydd i ti. Yn edrych ar y fath sothach. A dyma wyt ti'n ei wneud pan fyddaf i wedi troi fy nghefn!'

Roedd ei llais yn grynedig a chamodd i gyfeiriad y teledu a'i bryd ar ddiffodd y set a thaflu'r casét i'r tân.

Cododd Myrddin i'w rhwystro, a'r cyffro a deimlai wedi ei fygu'n ddisymwth. Safodd o flaen ei fam a'i wyneb wedi trymhau gan dymer. Syllodd y ddau ar ei gilydd a thu cefn iddynt roedd miwsig oeraidd, cynhyrfus y ffilm yn gyfeiliant i'r tensiwn oedd yn yr ystafell. Ac oddi allan i'r tŷ, cwynfanai'r gwynt ei simffoni leddf yn uwch hyd yn oed na miwsig y ffilm.

Gwelodd Myrddin y rhychau yn wyneb ei fam a'i gwallt blêr oedd yn prysur wynnu. Gwelodd y gwefusau main a'r ên benderfynol. Gwelodd a chasaodd. Hon oedd wedi ei gaethiwo. Hon oedd yno bob munud awr yn ei gyfyngu gyda'i sylw a'i thendans. Hon yn awr oedd wedi torri ar draws yr unig gyfle a gâi i fod yn fo'i hun, i ymdeimlo â phleserau cnawd a byd. Hon.

Clywodd gynddaredd yn codi'n ymchwydd ton fawr yn ei fynwes. Clywodd lais yn sibrwd wrtho: 'Dyma dy gyfle di i fod yn rhydd. Dyma dy gyfle di i gael gwared ohoni.'

'Symud o'r ffordd, y mochyn budr,' meddai ei fam a'i llais yn gymysgedd o wawd a digofaint. 'Symud imi gael taflu'r sothach yna i'r tân.'

Ceisiodd wthio rhyngddo ef a'r soffa, ond saethodd dwylo Myrddin allan a gafael yn ei gwddw.

Roedd ei gwddw'n denau a'i ddwylo yntau'n fawr a chryf. Dechreuodd wasgu a chael pleser annynol o wneud hynny. Pleser gwallgof o weld ei hwyneb yn gwelwi a'i llygaid yn agor yn fawr, fawr. Ar y dechrau ceisiodd hi rwygo ei ddwylo'n rhydd oddi wrthi; ceisiodd grafu a sgriffinio ei gnawd; ymladdodd yn ddewr i'w rhyddhau ei hun o'i afael; ymbiliodd a chrefodd arno i'w gollwng yn rhydd, ond ni chymerai Myrddin ddim sylw o'i herfyniadau. Roedd o'n cael boddhad cynhyrfus wrth wasgu'r bywyd o'i chorff gwantan. Yn raddol llonyddodd yr ymdrechu a'r gwingo; roedd ei fam yn colli'r dydd ac yr oedd ei afael ef ar ei gwddw yn cryfhau ac yn tynhau. Roedd ewyn gwyn o gwmpas ei geg ac roedd curiad ei galon yn forthwyl yn ei ben. O'i ôl roedd miwsig aflafar y ffilm fideo yn codi i uchafbwynt afreolus a theimlodd ei hun yn cael ei godi'n gawr ganddo. Yna daeth sgrech annaearol gan y fun a orweddai ar yr allor a gwaeddodd nerth esgyrn ei phen: 'Dos yn fy ôl i, Satan . . . !'

Clywodd Myrddin y geiriau fel pe baent yn atseinio yng nghoridor pell ei isymwybod. Daethant ato fel neges o ryw ddyfnderoedd diderfyn a chlywodd ei hun yn eu hailadrodd ar uchaf ei lais, 'Dos yn fy ôl i, Satan . . . !'

Yr eiliad y llefarodd o'r geiriau teimlodd y nerth yn cilio o'i freichiau a rhyw syrthni rhyfedd yn dod drosto. Teimlodd ei hun yn gwanhau a'i afael didostur ar wddw ei fam yn llacio. Yna, yn sydyn, fe'i gollyngodd a llithrodd hithau yn llipa i'r llawr. Doedd hi ddim yn gwbl anymwybodol a gorweddodd yno ar y llawr yn griddfan ac yn ymladd i gael ei hanadl gan rwbio'i gwddw briwiedig tra safai Myrddin uwch ei phen fel pe bai'n dadebru o lesmair, fel pe bai'n dychwelyd o farw'n fyw.

Yna, camodd at y set deledu a'i diffodd ac yn y tawelwch a ddilynodd clywodd sŵn y gwynt yn ubain y tu allan ac yn codi i uchafbwynt gwallgof fel pe bai'r holl elfennau yn hyrddio eu gwae ar y tŷ. Yn gwbl ddirybudd yr oedd gwynt yn llenwi'r gegin, yn troelli'n chwyrn gan ysgwyd y llenni a chreu mwg taro a chwyrlïo tudalennau'r stori oddi ar y dresel a'u chwalu i bob cyfeiriad. Yna, yr un mor sydyn, fe beidiodd, a chlywyd clec ysgytiol ar y drws ffrynt, fel pe bai ymwelydd na chafodd groeso wedi rhuthro allan o'r tŷ yn ei wylltineb a chlecian y drws ar ei ôl.

Plygodd Myrddin i lawr yn edifeiriol a dechrau ymgeleddu ei fam. Yna, ar ôl iddi ddod ati ei hun yn iawn casglodd y darnau papur ynghyd, tudalennau ei gampwaith creadigol, a thaflodd y cyfan i'r tân. Yr oedd John Merlin wedi marw cyn iddo gael cyfle i fyw.

Mynwent y Môr—Gweneth Lilly

O'r diwedd roedd y ddau fachgen ar eu pennau eu hunain. Roedd y dorf wedi chwalu, gan adael Penrhyn Glas i dawelwch cynefin pnawn o Dachwedd.

Nid dyma'r tro cyntaf i Ifan fod yn y gwasanaeth a gynhelid bob blwyddyn ar y penrhyn uwchben y creigiau enbyd lle y malwyd y llong hwyliau *Dulcibella* gan storm fawr yn y flwyddyn 1861. Collwyd dros ddau gant o fywydau y noson honno, ac roedd hen-hen-daid i Ifan, Ifan Pritchard, yn un o'r rhai a orweddai o hyd ym man eu tranc, a'r tonnau aflonydd yn golchi dros eu beddau.

Ond eleni roedd 'na lawer mwy o bobl nag arfer yn yr oedfa flynyddol er cof am feirwon y *Dulcibella*. Roedd tîm o ddeifwyr wedi dod o hyd i'r llong ar waelod y môr, ac wedi codi nifer o bethau drud a diddorol o'i bedd hi yn nhywod y bae ger Penrhyn Glas. Doedd y *Dulcibella* ddim yn llong fawr iawn, a doedd hi ddim yn cludo llwyth o aur fel y *Royal Charter*, ond roedd hi wedi ei dodrefnu'n foethus ar gyfer ei thaith o Efrog Newydd i Lerpwl, ac roedd y rhan fwyaf o'i theithwyr yn Americanwyr cefnog. Credai'r deifwyr, felly, ei bod hi'n werth plymio er mwyn adennill trysorau'r llong, ac roedd eu mentr wedi tynnu llawer o sylw'n barod, ac ennill cefnogaeth ymhlith trigolion Penrhyn Glas. Wedi'r cwbl, meddai mynychwyr yr Angor wrth ei gilydd gyda'r nos, dibynnai ffyniant Penrhyn Glas ar dwristiaeth yn fwy na dim y dyddiau hyn, a be well i ddenu ymwelwyr na rhamant trysor y môr? Ac os swatiai dau neu dri o hen longwyr yr ardal yn eu cornel, gan edrych i lawr ar eu cwrw heb ddweud dim, phoenai neb am hynny ar y pryd.

I Ifan ei hun, oedd wedi ei eni a'i fagu ym Mhenrhyn Glas, a'i borthi o'i fabandod ar straeon am longddrylliad y *Dulcibella*, roedd 'na ystyr dyfnach i'r gwasanaeth eleni, rywsut. Pan ddarllenodd un o'r gweinidogion allan o'r Salmau:

'Y rhai a ddisgynnant mewn llongau i'r môr, gan wneuthur eu gorchwyl mewn dyfroedd mawrion,

Hwy a welant weithredoedd yr Arglwydd, a'i ryfeddodau yn y dyfnder . . .'

rowliodd y geiriau mawreddog trwy ei ben, a chodi rhyw dyndra yn ei lwnc. Yn ystod y weddi, agorodd y mymryn lleiaf ar un llygad a chipedrych ar Julian Humphreys Holt. Safai hwnnw'n syth ac yn berffaith lonydd, a'i lygaid ynghau. Dyma'r tro cyntaf iddo ddod i wasanaeth coffa y *Dulcibella*, ac er ei fod yn rhyw fath o Gymro, wyddai Ifan ddim faint roedd o'n ei ddeall arno mewn difri. Pan ganodd y dorf 'Eternal Father, strong to save', sylwodd Ifan nad oedd Julian yn uno yn yr emyn, dim ond sefyll ac edrych o'i flaen, lle'r oedd y môr tawel yn sgleinio fel dur. Oedd Julian yn meddwl am ei gyndad, Capten Humphreys y *Dulcibella* gynt? Ar ôl hynny aeth y Swnt, yr ynysoedd, y cymylau mawr yn symud o gyfeiriad Eryri, a'r eira cyntaf ar gopâu'r mynyddoedd, i gyd yn gymysg ym meddwl Ifan â thrymru lleisiau'r dynion yn yr emyn:

O hear us when we cry to Thee
For those in peril on the sea!

Fel y tawodd y nodyn olaf, clywodd y dyrfa sŵn fel ochain dwfn yn codi megis o wreiddiau'r penrhyn wrth i'r tonnau daro'r creigiau.

Ar ddiwedd y gwasanaeth aeth llawer o'r bobl i ysgol y pentref i weld arddangosfa o'r pethau oedd y tîm deifwyr wedi eu codi o'r môr. Roedd rhai ohonyn nhw'n werthfawr: watsys a breichled o aur, tlysau merched â gemau ynddyn nhw, sofrennau melyn; tebot, powl siwgwr a chanhwyllbren o arian, a nifer o gyllyll, ffyrc a llwyau o'r un metel. Ond pethau cyffredin cartrefol oedd y rhan fwyaf o'r 'trysorau': sbectol, 'goriadau, botymau, blwch â'i lond o nodwyddau dur, esgid rwber a sanau gwlân . . .

'Be ydi'r petha bach aur 'na?' gofynnodd Ifan.

'Dannedd gosod,' meddai'i dad, gan bwyntio at y disgrifiad.

'Ych!' meddai mam Julian.

Bu raid i'r ddau fachgen sefyll i gael tynnu eu lluniau. Aethpwyd â nhw at ymyl y môr er mwyn cael cefndir addas, a sgrifennodd un o'r gohebwyr Cymraeg bennawd brysiog: 'Julian Humphreys Holt (13) o Lundain, ac Ifan Pritchard (12) o Benrhyn Glas, disgynyddion i feistr y *Dulcibella*, y Capten Abram Humphreys, ac aelod lleol o'i griw, Ifan Pritchard, yn dangos eitemau o eiddo eu

cyndadau: oriawr aur Capten Humphreys a chyll-
ell boced Ifan Pritchard.'

Yn ymwybodol o ddifrifoldeb yr achlysur, edrych-
ai'r ddau yn ddwys a sobor. Codai ebychiadau o
syndod o'u cwmpas: am gyd-ddigwyddiad rhyfedd,
yntê, bod y bechgyn mor agos i'w gilydd mewn
oed, a bod dau o'r ychydig bethau y gellid eu
priodoli'n saff i unigolion neilltuol yn digwydd
perthyn i'r Capten ac i un o fechgyn y pentre hwn!
Sychodd mwy nag un wraig ei llygaid yn sent-
imental wrth syllu ar y 'trysorau'.

Roedd y ddwy eitem yn dwyn enwau'r perchen-
ogion. Honnai arysgrif gain ar gefn y wats ei bod
hi'n gyflwynedig i'r Capten Abram Humphreys,
mewn cydnabyddiaeth o'i wasanaeth ffyddlon i'r
Cwmni am bum mlynedd ar hugain, ac roedd Ifan
Pritchard wedi torri ar garn ei gyllell: 'I.P. Glan
Môr'.

Y drwg oedd bod pawb yn disgwyl i Julian ac Ifan
fod yn ffrindiau, a chan fod rhieni Ifan wedi gwa-
hodd Julian a'i fam i dreulio'r Sul gyda nhw, rhaid
oedd gwneud ymdrech i ddangos cyfeillgarwch.
Ond doedden nhw erioed wedi cyfarfod tan y
diwrnod hwnnw, a doedd ganddyn nhw fawr i'w
ddweud wrth ei gilydd. Doedd Ifan ddim yn rhy
hoff o Julian, a doedd o ddim yn meddwl bod yr
hogyn diarth wedi cymryd ato ynta 'chwaith.
Roedd o'n cael Julian yn ŵr mawr, yn siarad
Cymraeg efo llediaith ac yn edrych i lawr ei drwyn
ar bentref Penrhyn Glas a phopeth a berthynai
iddo.

Derbyniodd awgrym ei fam y dylai fynd â Julian i weld y cei a'r cychod, tra oedd hi'n gwneud te a mam Julian yn cyfarfod rhai o'r bobl bwysig oedd yn gyfrifol am fentr y deifio. Ond doedd o ddim yn teimlo'n gartrefol efo'i gydymaith. Yn fuan iawn, canfu ei fod o'n ymddiheuro byth a hefyd am ddiffygion y lle, gan ddweud pethau fel: 'Wrth gwrs, mae hi dipyn yn farw yma yr adeg hon o'r flwyddyn', neu 'Does gynnon ni ddim llawer o siopa, ond . . .' neu 'Does dim cym'int o 'sgota yma rŵan, ond yn yr ha . . .'. Roedd atebion poléit Julian yn taflu dŵr oer ar ymdrechion Ifan bob tro, yn enwedig pan edrychodd o o'i gwmpas ar y cei a dyfarnu'n nawddoglyd:

'Mae o'n hen ffasiwn ac yn . . .' oedodd i chwilio am air priodol '. . . yn *quaint*.'

Quaint! Llyncodd Ifan ei boer. Doedd gan Julian fawr i'w ddweud, hyd yn oed, am gwch Ifan a'i dad, *Gwylan* hardd, mor daclus a glân yn ei phaent newydd. Hogyn claear oedd o.

'Ella'r awn ni am drip bach fory, os bydd hi'n braf,' cynigiodd Ifan, ond doedd y fraint honno ddim yn ddigon i gynnau llewyrch yn llygad Julian. Amheuai Ifan na wyddai'r hogyn o Lundain fawr am longau, er ei fod o'n ddisgynnydd i Gapten Humphreys y *Dulcibella*. Roedd taid Ifan yn gapten ar longau mawr hefyd, o ran hynny, a doedd o erioed wedi gadael i'w leiner fynd ar y creigiau.

'*Oh gosh!*' meddai Julian yn sydyn.

'Be sy'n bod?'

'Rwy wedi cadw hon! 'I rhoi hi yn fy mhoced heb feddwl . . .'

'Wats Capten Humphreys! A dw inna wedi cadw cyllall Ifan Pritchard, myn diân i! Chof'is i ddim amdani tan rŵan.' Tynnodd Ifan hi o'i boced ar y gair.

Syllodd y ddau ar ei gilydd yn syn. Roedd arweinydd y tîm deifio wedi pwysleisio mai eiddo'r Goron oedd hawl broc, a'u bod nhw fel rheol yn gorfod trosglwyddo popeth roedden nhw yn ei ddarganfod ar unwaith i Dderbynnydd Broc Môr. Oherwydd diddordeb arbennig achos y *Dulcibella*, cawsant ganiatâd i ddangos y casgliad hwn ym Mhenrhyn Glas, ond ar ddiwedd y pnawn roedd yr holl bethau i gael eu hanfon yn syth i'r Derbynnydd i'w cadw am flwyddyn a diwrnod.

'Yr ysgol . . .' meddai Julian, ac ar y gair trodd y ddau a chythru yn eu hôl i fyny'r stryd serth drwy'r pentre. Ond roedd pawb wedi mynd adre, gan adael yr adeilad yn dywyll a'r drws o dan glo.

'Waeth befo,' meddai Ifan. 'Mi neith Dad ffonio i egluro. 'Neith y Derbynnydd ddim malio am un noson. Mae o'n gwbod 'u bod nhw'n saff efo ni.'

'Eniwê,' meddai Julian, 'mae gennym ni hawl iddyn nhw, mewn ffordd. Fe ddôn yn ôl i'n teuluoedd ni ymhen blwyddyn a diwrnod.' Anwesodd y wats yn gariadus.

'Dôn, o ran hynny. Debyg nad ydyn nhw'n fawr o drysora i neb ond ni . . . cyllall ddim yn torri, a wats ddim yn mynd!' Roedd wats Capten Humphreys, fel pob un arall a ddaethai i'r fei o'r *Dulcibella*, wedi stopio ychydig o funudau ar ôl un o'r gloch y bore, pan luchiodd y corwynt y llong yn erbyn y creigiau.

'Ond mae hon yn aur.' Ciledrychodd Julian yn dosturiol braidd ar garn corn y gyllell boced, a'r llythrennau di-siâp wedi eu torri'n amrwd ynddo. Na, doedd hi ddim yn hawdd c'nesu tuag at Julian. Roedd o wedi cael troi'i ben yn lân gan yr holl sylw roedd o wedi'i gael drwy'r pnawn, meddyliodd Ifan. 'Bachgen neis, rêl gŵr bonheddig. Tydi o'r un ffunud â Chapten Humphreys, deudwch?' . . . a'r llygaid yn troi'n edmygus at yr hen lun o'r gŵr barfog urddasol yn ei wisg capten. Roedd dynion y cyfryngau wedi tyrru o gwmpas Julian i'w holi, a nodi ei atebion yn barchus. Ac roedd hyd yn oed mam Ifan wedi ffalsio a chanmol Julian am ei Gymraeg da!

Rhwng popeth, teimlai Ifan yn falch o weld ei gartref newydd, a'r golau yn y stafell fwyta yn eu gwahodd nhw trwy'r gwyll oedd yn dechrau cau'n brudd am Benrhyn Glas.

'Y Llong,' sylwodd Julian wrth iddyn nhw fynd trwy'r gât, '. . . enw digri ar dŷ.'

'Nid tŷ oedd o ers talwm,' meddai Ifan. 'Tafarn oedd hi.' Safodd ar y llwybr i egluro. 'I ddechra, roedd o'n ddau fwthyn mewn rhes o dai llongwyr a physgotwyr. Roedd 'na ddau ddrws ffrynt yn lle un . . .'

Craffodd Julian ar y tŷ, ac ar y bythynnod eraill o bobtu iddo. 'Ie, rwy'n gallu gweld hynny.'

'Y bwthyn ar y chwith, lle mae fy llofft i, oedd cartre Ifan Pritchard a'i wraig a'i blant bach. Ond pan gafodd o'i foddi ar y *Dulcibella*, fedrai Nanw, 'i wraig o, ddim fforddio'r rhent ac mi aeth yn ôl i fyw efo'i mam, ac roedden nhw'n dlawd iawn. Toc mi gafodd perchennog y tai wared o denant y tŷ nesa hefyd, a throi'r ddau dŷ yn un, a'u gneud nhw'n dafarn, y Dulcibella.'

'Ar ôl y llong,' meddai Julian, gan edrych dros ei ysgwydd tua'r môr.

'Ia. Mi gafodd beintio arwydd efo llun y llong . . . mi gei di 'i weld o mewn munud. Roedd 'na gym'int o sôn am y llongddrylliad fel 'i fod o'n disgwyl y basa'r enw'n tynnu lot o gwsmeriaid i'r dafarn. Ond doedd pobol y pentre ddim yn licio . . . wel, doedd o ddim yn beth braf, nac oedd, o feddwl bod rhan o'r lle wedi bod yn gartra i Ifan Pritchard? Roedden nhw'n deud bod y Dulcibella yn enw anlwcus, ac mi newidiodd gŵr y dafarn o i y Llong.'

'Rwy'n gweld,' meddai Julian, a chymryd golwg arall ar ffrynt y tŷ cyn dilyn Ifan drwy'r drws.

'Ond wnaeth o fawr ohoni hi yn y diwedd. Roedd yn well gin bobol fynd i'r Angor. A thoc mi aeth yn dŷ cyffredin yn 'i ôl, ond 'i fod o'n un tŷ yn lle dau. Oldi, dyma fwthyn Ifan Pritchard . . . y parlwr 'ma, a fy llofft i ym mhen y grisia . . . llofft *ni* tra byddi di yma. Tyrd i weld. Oi, Mam!' gwaeddodd trwy'r drws ar y dde. 'Rydan ni wedi cyrraedd.'

Chawsai'r teulu ddim cyfle i ddangos y tŷ i Mrs Holt a Julian amser cinio. Roedd tad Ifan wedi eu nôl o Fangor ddiwedd y bore, a phrin fod amser i gythru bwyta cyn mynd allan i gymryd rhan yng ngweithgareddau'r pnawn.

'Dacw'r lle chwech,' eglurodd Ifan, 'a dyma fy

stafell i. Wyt ti'n licio'r byncs? Roedden nhw'n rhan o leinar 'y nhaid ... y *Canadian Pacific Line*, wsti ... ac mi ofynnodd Taid amdanyn nhw pan benderfynodd y Cwmni gael gwared â'r llong.'

O'r diwedd, dangosai Julian dipyn o ddiddordeb wrth edrych o'i gwmpas, ac roedd o i'w weld yn hoffi meddwl am ddringo ysgol fach i fynd i'w wely.

'Mae gennych chi *view* da o fan'ma,' meddai, gan syllu drwy'r ffenest ar y penrhyn, a'r haul yn machlud dros y môr a'r bryniau pell.

'Mae 'Nhaid yn deud mai peth ofnadwy i longwr ydi meddwl am 'i long yn cael 'i thorri i fyny,' meddai Ifan, gan eistedd ar ei fync. Roedd newydd-deb y tŷ, ei stafell a'i wely yn dal i'w swyno o hyd, ac roedd o'n falch o'r cyfle i'w dangos i Julian. 'I'r capten, mae'r llong fel person byw.'

Ddywedodd Julian ddim am funud, dim ond dal i edrych drwy'r ffenest. O'r diwedd, meddai, 'Rydych chi'n gallu gweld y fan lle'r aeth y *Dulci-bella* i lawr.'

'Ydach.' Aeth Ifan at y ffenest hefyd. Roedd melyn y machlud yn gwywo oddi ar y môr, a'r bryniau'n cilio i ddirgelwch. 'Roedd Nanw yma, lle'r ydan ni rŵan, efo'i phlant bach, pan glywodd hi am y *Dulcibella*. Llong 'i gŵr yn cael 'i malu ar y creigia, am oria yn y storm.'

Roedd y stafell wedi tywyllu, ond symudodd yr un o'r ddau o'r ffenest; roedd yr olygfa faith, ar fin diflannu i'r nos, yn eu dal nhw. 'Fe gafodd y cyrff eu golchi i'r lan,' meddai Julian.

'Rhai ohonyn nhw. Mi gafodd rhai 'u cario'n

bell, bell. Ond mae rhai o hyd yng ngwaelod y môr. Capten Humphreys ac Ifan Pritchard . . .' Orffennodd o mo'r frawddeg; yn sydyn roedd y cyfnos yn annioddefol. 'Tyrd i weld llun y llong.'

Hongiai hen arwydd tafarn y Llong uwchben y lle tân yn y parlwr . . . darlun o waith rhyw arlunydd gwledig dienw, wedi ei fframio'n daclus bellach. Roedd mam Ifan wedi cynnau tân-glo braf, ac edrychai'r stafell, wedi ei gwneud o barlwr a chegin yr hen fwthyn, yn hynod o gysurus efo'i dodrefn dethol, hen-ffasiwn. Aeth Julian at y llun ac edrych arno'n graff. Roedd yr arwydd wedi crogi am flynyddoedd ym man uchaf Penrhyn Glas, fel bod tywydd mawr, heli a henaint wedi melynu a chracio'r paent; eto i gyd, gallech weld harddwch a balchder y llong gyda'i mastiau tal, ei rigin tynn a'i rhesi hwyliau. Astudiodd Julian y tri mast a dangos y Lluman Coch yn chwifio.

'Rhaid i'r capten aros ar fwrdd y llong hyd y diwedd,' meddai Julian. Atebodd Ifan ddim. 'Roedd 'na *enquiry* mawr, wyddost ti, yn Llundain.'

'Oedd,' meddai Ifan. 'Mi aeth rhai o bobol y lle 'ma i'r ymholiad i ddeud yr hanes.'

'Ac ar ddiwedd yr . . . yr ymholiad fe ddaru'r *assessors* ddweud nad oedd dim bai ar Capten Humphreys. Ddaru nhw ffeindio 'i fod o'n *experienced and reliable officer who had previously shown exceptional fortitude, coolness and devotion to duty in numerous emergencies.*'

Adroddodd Julian y llond ceg hwn mor sobor â

phregethwr, fel petai'n herio'r byd i gyd i ang-hytuno.

'Ella 'i fod o,' meddai Ifan, 'ond doedd o'n fawr o longwr drwy'r cwbwl.'

Symudodd Julian ddim, ond aeth ei wyneb yn goch fel pe bai Ifan wedi ei daro. Anadlodd yn drwm trwy'i drwyn, a'i wefusau wedi eu cau'n dynn. Synnodd Ifan ato'i hun yn dweud peth mor haerllug, ond doedd o ddim ond wedi traddodi barn cenedlaethau o longwyr Penrhyn Glas, a doedd o ddim am dynnu ei eiriau'n ôl. O'r diwedd gofynnodd Julian yn ffroenuchel, 'Be wyddost ti am y peth?'

'Mi aeth yn rhy agos i'r lan,' meddai Ifan yn ystyfnig. 'Roedd y tri dyn o Benrhyn Glas yn ei griw yn gwbod yn iawn 'i fod o'n gneud camgymeriad.'

'Sut na fasen nhw wedi dweud wrtho fo 'ta, os oedden nhw'n gwbod mor dda?'

'Doedd wiw i longwyr cyffredin ddeud wrth gapten y llong 'i fod o'n gneud mistêc! Mi fasa hynny'n groes i proto . . .' Baglodd dros y gair, ac er digofaint iddo dyma Julian (yn talu pwyth, efallai, am fod Ifan wedi ei bromtio droeon efo'i Gymraeg) yn cynnig:

'Protocol, mae'n debyg. Wel, dydw i'n meddwl fawr o longwyr y lle 'ma os oedden nhw'n fodlon aberthu dau gant o fywydau er mwyn protocol!'

'Paid â siarad mor wirion. 'Tydi preifat mewn rhyfel ddim yn mynd at y . . . at y cadfridog a deud wrtho fo 'i fod o'n gneud smonach o'r peth! Pa'r un bynnag . . .'

'Dydw i ddim yn credu am funud 'u bod nhw'n gwbod yn well na Capten Humphreys. Ddaru'r un ohonyn nhw fyw i ddweud yr hanes.'

'Do! Mi gafodd un 'i achub. Robat Parry, hogyn ifanc. Ac mi ddeudodd o fod fy hen-daid i, Ifan Pritchard, wedi trio'i ora glas i gael y neges i'r capten, 'i fod o'n mynd â'r llong ar 'i phen ar y creigia, ond na chafodd o ddim gwrandawiad!'

'Straeon hen bobol y lle 'ma!' meddai Julian rhwng ei ddannedd. 'Nid leinar o'r *Canadian Pacific Line* oedd hon! Llong hwylia oedd hi, o flaen corwynt! Y *gwynt* yrrodd y llong ar y creigia! Fedri di ddim cael hynna i mewn i dy ben bach twp?'

'Wydda' fo mo'r gwahaniaeth rhwng trai a llanw!' mynnodd Ifan. 'Mi ddeudodd wrth y teithwyr fod y llanw ar drai. Yn lle hynny, roedd o'n codi!'

'Trio rhwystro panig roedd o! Dau gant o bobol, bron â drysu, ac un dyn yn trio cadw trefn arnyn nhw!'

'Roedd o mewn panig 'i hun!'

Damwain oedd i Ifan droi ychydig ar ei ben yr eiliad hwnnw, neu byddai dwrn Julian wedi glanio rhwng ei ddau lygad. Fel yr oedd hi, rhygnodd ar hyd ochr asgwrn ei foch a'i glust, a'u gadael nhw'n llosgi'n drybeilig. Trawodd Ifan Julian yn bur galed yng nghanol ei frest a'i yrru yn wysg ei gefn, ond llwyddodd y bachgen arall i ddal ar ei draed, a'r peth nesa roedd Ifan ar ei hyd ar lawr a Julian yn penlinio arno.

'Be am bobol y lle 'ma'n mynd ar hyd y traeth yn dwyn arian o'r llong, a lŵtio'r cyrff, y?'

91

''Naethon nhw ddim!' Ymdrechodd Ifan i luchio Julian oddi arno, ond roedd y llall yn rhy drwm iddo. 'Mi ddaru dynion Penrhyn Glas beryglu'u bywyda i drio achub y llong . . .' Tynnodd ei benglin i fyny'n sydyn a rhoi ergyd i Julian yn ei gefn.

'Be ar y ddaear sy'n mynd ymlaen yma?' Adnabu Ifan lais ei fam. Neidiodd Julian ar ei draed, ac fe gododd Ifan yn fwy araf.

'Julian!' gwaeddodd mam hwnnw. 'Wyt ti wedi mynd o dy go'?'

'Fo insyltiodd Capten Humphreys,' meddai Julian yn fyrwyntog, 'a dyma fi'n 'i daro fo.'

'Ffraeo dros y *Dulcibella* ddaru chi?' meddai'i fam yn syn. 'Ond mae hynny drosodd ers canrif a chwarter!'

Edrychodd mam Ifan arno'n hir heb ddweud dim. Roedd o'n benderfynol nad oedd o ddim am gario straeon am Julian, nac am ymddiheuro 'chwaith. Roedd dicter yn erbyn Julian yn ei gorddi o: am achwyn arno, am sarhau ei gyndad a phobl Penrhyn Glas, ac am ei lorio yn y gwffas. Os oedd Capten Humphreys yn debyg iddo fo, roedd o'n ddyn annioddefol a doedd dim rhyfedd i'w long ddiweddu ar y creigiau.

'Mae gen i gwilydd ohonot ti, Ifan,' meddai'i fam. 'Mae Julian yn westai ar ein haelwyd ni.'

'Wel, bechgyn ydyn nhw, yntê?' meddai mam Julian. 'Mwya ffrae, mwya ffrind, fydda i'n ddeud.' Gwgodd y ddau fachgen ar ei gilydd. 'Chwarae teg, maen nhw wedi cael diwrnod cyffrous.'

'Mi deimlwn ni i gyd yn well ar ôl pryd o fwyd,' meddai Mrs Pritchard yn fwy siriol. 'Dowch i gael te, bawb.' Ond daliodd Ifan yn ôl a dweud wrtho'n ddistaw bach, 'Roeddwn i'n disgwyl gwell petha gen ti. Ar ôl popeth welson ni gynna, ar ôl y gwasanaeth, sut y gallet ti fod mor bitw?'

Doedd hi ddim yn dallt, meddyliodd Ifan. Be ond profiadau'r dydd oedd wedi gwneud iddo gydymdeimlo â chystudd ei gynfam, gwraig Ifan Pritchard, a theimlo'n chwerw tuag at Gapten Humphreys a'r ymholiad a fynnodd ei wyngalchu?

Ond ymlaciodd pawb dros eu pryd bwyd, ac yn raddol peidiodd y ddau fachgen â phwdu. Soniodd Julian toc am y 'trysorau' oedd yn dal yn eu meddiant, ac fe'u gosodwyd nhw ar y bwrdd: wats aur y capten a chyllell boced Ifan Pritchard.

'Peidiwch â phoeni,' meddai tad Ifan. 'Mi ffonia i arweinydd y tîm i egluro iddo fo, ac mi drefnwn ni beth i'w wneud â nhw. Alla i 'u danfon nhw i Gaergybi os bydd angen.'

'Dydyn nhw'n drist?' meddai mam Julian. '*Twenty-five years of faithful service.*'

'Glan Môr oedd enw'r tŷ yma ers talwm?' gofynnodd Julian.

'Naci,' meddai Tom Pritchard. 'Hen gartre Ifan Pritchard oedd Glan Môr . . . cartre 'i fam a'i dad. Mae'n debyg bod hiraeth arno pan oedd o'n bell i ffwrdd ar y môr.'

'Mi fyddan yn eitha diogel yma dros nos,' meddai'i wraig. 'Mi'u rhown ni nhw yn nrôr y dresal. Iawn, hogia? Fyddan nhw ddim yma am ddigon o hyd i ddŵad ag anlwc inni.'

'Anlwc?' gofynnodd Julian a'i fam efo'i gilydd.

'Mae rhai hen bobol yn y pentre 'ma'n honni na ddôth dim da erioed o gymryd unrhyw beth o'r *Dulcibella*.'

'Robat Parry, bachgen o'r lle 'ma oedd yn aelod o griw y *Dulcibella*, gychwynnodd y si, dw i'n credu,' meddai Tom Pritchard. 'Mi gafodd o'i achub, a gellwch feddwl bod yn gas gynno fo glywed am bobol yn dwyn eiddo'r rhai oedd wedi mynd i lawr efo'r llong . . . 'i fêts o'i hun, teithwyr oedd yn 'u gofal nhw. Mynnai na ddôi dim da byth o'r fath ryfyg. Yn hen ŵr . . . ac roedd 'y nhaid yn 'i gofio fo'n iawn . . . roedd o'n honni bod melltith wedi dŵad ar bob enaid y gwyddai fo amdano oedd wedi elwa ar dranc y *Dulcibella*. Ac mi wydda' fo am sawl un.'

Ar ôl eiliad o ddistawrwydd, gofynnodd Mrs Holt, 'Fyddai Robat Parry ddim yn cyd-weld â'r fenter bresennol, felly?'

'Na fydda', yn bendant,' atebodd Tom Pritchard. 'Yn bersonol, dydw i ddim yn disgwyl iddi hi lwyddo. Yn un peth, mae hi am gostio gormod. Does 'na fawr o werth ariannol yn y petha y mae'r deifwyr wedi'u codi hyd rŵan, a does neb am wario arian mawr er mwyn rhyw 'chydig o ddannedd gosod a llwya a phisiynna gwyddbwyll. Nid y *Mary Rose* ydi'r *Dulcibella*, na'r *Royal Charter* 'chwaith.'

Taflodd hyn ddŵr oer ar freuddwydion ei wrandawyr. Ei wraig oedd y gyntaf i siarad, 'Wel, mae gwely'r llong 'na fel mynwent i mi. Dw i'n credu y dylen ni 'u gadael nhw i orffwys.'

'Dw i o'r un farn â chi,' meddai Mrs Holt, 'yn enwedig ar ôl gweld y wats a'r gyllell.'

Aeth pawb i'r parlwr, lle'r oedd hen ddresal hardd a'i llond o lestri gleision, a gosododd Mrs Pritchard y wats a'r gyllell yn un o'r ddau ddrôr uchaf. Sylwodd mam Julian ar ddarlun y *Dulcibella* uwchben y lle tân, ac adroddwyd ei hanes wrthi.

'Mi ddwedodd Ifan fod 'na ryw anlwc ynglŷn â'r dafarn hefyd,' meddai Julian.

'Dw i'n dallt bod 'na straeon ar un pryd,' meddai Tom Pritchard. 'Ond wrth gwrs, roedd pobol yn cydymdeimlo â Nanw druan, fy hen-nain, ac felly roedd 'na ragfarn yn erbyn y dafarn o'r dechra. Pan fu farw gŵr y dafarn mewn amgylchiadau go ryfedd, mi dyfodd chwedl dros nos.'

Gwelodd Ifan geg Julian yn agor ar fin cwestiwn, ond cafodd Mrs Holt ei phig i mewn gynta, 'Ac eto rydach chi wedi dewis gwneud 'ych cartre yma?'

'Mae'r cysylltiada teuluol yn cyfri,' meddai Mrs Pritchard. 'Pan aeth y tŷ ar y farchnad, roedden ni'n teimlo naws arbennig yma, ond doedd dim byd yn sinistr ynddo fo.'

'Mae gynnoch chi aelwyd hyfryd yma rŵan,' meddai Mrs Holt.

Gwenodd Tom Pritchard. 'Os bydd ysbrydion y *Dulcibella* yn cerdded y penrhyn, dydw i ddim yn credu y gwnân nhw gam â theulu Ifan Pritchard.'

Oedodd Julian a'i droed ar ris isaf yr ysgol at ei fync. 'Does neb ond y ni'n dau yn hen fwthyn Ifan a Nanw.'

'Nac oes.'

'*Messmates.*'

'Ie, debyg.' Roedd Julian yn *mess* ôl-reit, meddyliodd Ifan yn anfoesgar.

'Ifan . . .'

'Ie?'

'Fe ddwedodd dy dad fod gŵr y dafarn wedi marw "mewn amgylchiadau go ryfedd". Be oedden nhw?'

'Dim syniad. Chlywis i 'rioed sôn am y peth tan heno.'

'Wel . . .' Roedd Julian fel petai'n trio dweud rhywbeth arall, ond caeodd Ifan ei lygaid a swatio i lawr yn ei wely, ac aeth Julian i fyny i'w fync. 'Nos da,' galwodd.

'Nos dawch,' mwmiodd Ifan, a diffodd y golau.

Bu'n hir cyn mynd i gysgu hefyd. Er iddo gau'i lygaid, mynnai darluniau fynd trwy'i feddwl: tlysau a gleiniau perl yn gymysg â phentwr o esgyrn melyn, modrwy aur ar law ddi-gnawd, penglog yn ysgyrnygu, ac aur yn fflachio yma ac acw o'i ddannedd. Llithrodd o'r diwedd i gwsg anesmwyth.

Deffrôdd a'i gael ei hun bron â syrthio o'i wely. Tynnodd ei hun yn ôl o'r erchwyn; doedd o ddim wedi dygymod â'r bync eto. Yn ddisymwth, lluchiwyd o'r ffordd arall, yn erbyn y wal. Y bync ei hun oedd yn codi a disgyn o dano. Wrth iddo sylweddoli hynny, llanwyd ei glustiau â thwrw storm ofnadwy: gwynt cryf yn ei hyrddio'i hun yn erbyn y tŷ a lluchio glaw fel tonnau'r môr yn erbyn y ffenest.

Ciliodd cwsg, a chwyddodd dwndwr y ddrycin fel ergydion gynnau mawr, gan wneud i ddistiau'r hen fwthyn wichian a griddfan. Wrth gwrs, meddyliodd, heb ddeffro'n iawn yr oedd o pan ddychmygodd o'r bync yn siglo o dano fo; roedd ymosodiad y gwynt mor ffyrnig nes gwneud i'r tŷ ysgwyd drwyddo a gwegian hyd at ei sylfeini. Chwiliodd am swits y lamp, ond doedd dim golau. 'Daria!' meddyliodd. 'Dyna'r trydan wedi mynd.' Craffodd ar wyneb goleuog ei wats a gweld ei bod hi'n un o'r gloch y bore.

'Ifan!' Roedd y llais yn agos i'w glust. 'Be sy'n bod?'

'Storm fawr. Does dim gola . . . y trydan wedi mynd.' Neidiodd o'r bync, a bu bron iddo syrthio ar ei hyd; roedd y llawr i'w deimlo'n symud o dan ei draed. Rhaid fod ei ddeffro sydyn a chynnwrf y storm wedi codi pendro arno. Trawodd y gwynt y tŷ â ffrwydrad arswydus fel taran, ac mewn fflach wen gwelodd Julian yn gorwedd ag un ysgwydd dros erchwyn ei fync a'i wyneb syn bron ar yr un lefel â phen Ifan ei hun.

'Mae'r bync yn rowlio!' galwodd Julian.

'Mae o i'w deimlo felly am fod y gwynt mor gry . . .' Cododd y llawr ar y gair a'i daflu yn erbyn y gwely. Tra oedd o'n codi gan ymladd am ei wynt, disgynnodd Julian rywsut a sefyll wrth ei ochr. Roedd yntau hefyd yn cael trafferth i ddal ar ei draed. Nid pendro oedd arnyn nhw, wedi'r cwbl: y storm oedd wrthi'n dadseilio'r tŷ.

Gafaelodd Julian yn ei ysgwydd a gweiddi rhywbeth am 'dorts'. Roedd rhuo'r gwynt yn boddi pob sŵn arall. Ymbalfalodd Ifan yn ei gist a dod o hyd i'w fflachlamp. Crynai'i law gan ddychryn ac oerni, achos roedd y stafell fel rhew. Edrychai'n weddol normal yng ngolau'r torts, ond ei bod hi'n rowlio trwyddi fel llong, gan beri i ddodrefn ysgafn lithro'n swnllyd ar draws y llawr. Roedd drws y llofft yn gilagored, a gwegiodd y ddau trwyddo a chyn belled â phen y grisiau.

Edrychasant i lawr i bwll o dywyllwch. Yng ngolau gwan y torts gallent weld bod y grisiau'n cael eu hysgwyd yn fwy chwyrn na'r llofft. Gafaelodd y bechgyn yn dynn yn y canllaw a'u gollwng eu hunain rywsut o'r naill ris i'r llall, a'r rheini'n llamu fel stalwyn yn ceisio cael gwared o'i farchog. Atseiniai rhuadau'r gwynt â sŵn gwahanol yma, megis o le mwy agored, a thua hanner ffordd i lawr symudodd y grisiau â herc mor galed nes eu lluchio oddi ar eu traed. Llwyddodd y ddau i ddal eu gafael yn y canllaw, ond gollyngodd Ifan y torts. Diflannodd ei olau bach wrth droed y grisiau, a rhwng ergydion y gwynt clywodd y bechgyn sŵn sblas. Am y tro cyntaf, synhwyrodd y ddau ogla heli, a chlywed tonnau trymion o fewn llathen i'w traed, yn golchi ar draws y neuadd a thrwy ddrws y parlwr. Wedi dychryn gormod i symud nac i weiddi, sylweddolodd Ifan fod yr amhosibl wedi digwydd —roedd y môr wedi codi dros y creigiau, wedi llyncu'r penrhyn a thorri i mewn i'r tŷ, gan ei sgubo yn ei grynswth o'i wreiddiau.

Roedd y neuadd yn dywyll fel y bedd, ond trwy ddrws agored y parlwr pefriai goleuni egwan annaearol. Roedden nhw'n cydio'n dynn yn y canllaw, ond syrthiai ewyn drostyn nhw'n gawod drom a'u gwlychu at eu croen. Collodd eu dwylo eu gafael, a chwympodd y ddau i'r dyfroedd oerion a chael eu golchi gan bwysau'r gwynt a'r tonnau i mewn i'r parlwr.

Roedd y waliau'n sefyll, a'r dodrefn yn eu lle, ond roedd y môr yno. Rhuthrai'r tonnau berwedig trwy'r lle, a'r ewyn gwyn yn eu goleuo â'i dân gwelw ffosfforesol. Cydiodd Ifan yn y peth nesaf ato, y dresal, a theimlo'r dŵr yn curo arno fel gwallgofddyn a hyrddio yn ei erbyn. Mewn fflach wen gwelodd y cloc mawr a'r amser—munud wedi un. Roedd twrw'r storm yn erchyll—y gwynt yn nadu fel ysbrydion y fall ac yn codi i nodyn uchel, main, a'r tonnau'n cwympo a'u lluchio'u hunain yn ddarnau, nes bod ffroenau a cheg Ifan yn llawn o ddŵr hallt. Rywle yn ei ymyl, clywodd Julian yn sgrechian, 'Y llong! Y llong!'

Ysgydwodd Ifan y dafnau heli o'i lygaid. Arwydd y llong, lle'r oedd o? Gwelodd lun y *Dulcibella* yng ngolau'r lampau bach gwan oedd yn wincio arni. Roedd y corwynt yn lluchio'r arwydd a gwneud i'r llong symud fel peth byw. Plygai o flaen y storm, ei hwyliau'n garpiau, ei fflagiau'n gareiau. Roedd y gwynt yn ei tharo a'i gyrru yn erbyn y creigiau fel anifail i'r lladdfa, a hithau'n ymdrechu o dan y chwipio didostur, ac yn curo'r graig â'i mastiau yn ei hing diymadferth. Daeth cri oddi wrthi oedd yn uwch na rhuo'r gwynt—wylofain merched a phlant ar fin cael eu sugno i draflwnc y môr.

Ac fel roedd Ifan yn teimlo'r gri yn ei drywanu nes bron hollti ei galon, gafaelodd y gwynt ynddo a'i ysgwyd a'i daflu'n bell i ganol y dyfroedd mawr. Clywodd y dymestl yn ffrwydro o'i gwmpas, a dwndwr ofnadwy fel petai holl ddodrefn a llestri ei fam yn cael eu malu'n deilchion. Collodd olwg ar y llong, collodd olwg ar bob dim. O dan bwysau'r môr clywodd rhywun yn gafael ynddo, a llais yn griddfan yn ei glust, 'O! Ifan Pritchard, Ifan Pritchard, ddyn!'

'Julian,' meddai, ond wyddai o ddim pam, achos llais dyn oedd o. Roedd y parlwr wedi mynd; rowliai'r tonnau o'i gwmpas gan ddangos ambell ddarn o bren neu fflach o lestr yn eu llifogydd gwyllt. Edrychodd i fyny a gweld un neu ddwy o sêr trwy rwyg yn y düwch. Roedd o'n cydio mewn planc, ac yn cael ei daflu yma ac acw, ar ei ben ei hun yn eangderau maith y môr. 'Julian!' sgrechiodd. 'Julian Humphreys!'

'Rhaid inni gael gwared ohonyn nhw,' ebychodd Julian o'r tywyllwch. 'Mae 'na felltith arnyn nhw. Rhaid 'u taflu nhw'n ôl i'r môr. Cymerwch nhw'n ôl!' gwaeddodd.

Roedd Julian wedi drysu, meddyliodd Ifan, achos roedd y wats a'r gyllell a'r dresal ei hun wedi mynd yn barod, wedi eu sgubo'n dipiau gan y gwynt i grombil y dyfroedd mawr. Ond er syfrdandod iddo clywodd Julian yn tynnu'n wyllt yn handlen y drôr. 'Agor y ffenest!' sgrechiodd Julian.

Rywsut, roedd y parlwr wedi dod yn ôl, wedi nofio i'r fei yn dywyll fel o'r blaen, ond bod y tonnau'n golchi trwyddo a'r gwynt yn nadu drostyn nhw. Llamodd Ifan trwy'r dŵr a tharo yn erbyn y bwrdd bach o dan y ffenest. Tynnodd y llenni'n ôl a sefyll yn syfrdan.

Tyfai'r coed o flaen y tŷ fel arfer. Doedd dim brigyn yn symud arnyn nhw. Roedden nhw'n sgleinio fel arian yng ngolau'r lleuad, ac roedd y môr tu draw i'r penrhyn yn adlewyrchu'r lloergan fel drych. Roedd hi'n noson dawel, braf.

'Be ydi'r holl weiddi?' gofynnodd llais y tu cefn iddo. Llais mam Julian a'r eiliad nesa roedd hi wedi dod o hyd i swits y golau. Neidiodd y parlwr i'w le fel arfer, efo Ifan wrth y ffenest a Julian yn tynnu'n hurt ar handlen y drôr. Safai Mrs Holt yn ei gŵn gwisgo gan edrych arnyn nhw'n llym. Wedyn aeth ei golygon at y wal uwchben y lle tân, a newidiodd ei gwedd. Aeth yn wyn fel y galchen.

Yn glòs wrth ei sodlau daeth rhieni Ifan.

'Y storm ddaru'n deffro ni,' meddai Ifan, 'ac roedd y môr wedi torri i mewn i'r tŷ. Mi welson y llong yn mynd yn erbyn y creigia.'

'Roeddwn i'n chwilio am y wats a'r gyllell,' meddai Julian yn ffwndrus, 'er mwyn 'u rhoi nhw'n ôl iddyn nhw.'

'Rydach chi wedi cael hunlle,' meddai Tom Pritchard ar ôl seibiant, 'a dylanwadu ar 'ych gilydd rywsut.'

'Naddo,' meddai'r bechgyn fel un.

'Naddo,' meddai mam Julian, a chryndod yn ei llais. 'Pan ddois i i mewn i'r parlwr 'ma gynta, a goleuo'r trydan, roedd y llong acw'n dal i symud. Dim ond am eiliad; wedyn mi aeth yn llonydd.'

'A 'drychwch ar y clocia!' meddai mam Ifan. 'Y cloc mawr a'r un ar y silff ben tân . . . mae'r ddau wedi stopio.'

'Am dri munud wedi un,' meddai'i gŵr, a pheth syndod yn ei lais.

'Fedrwn i ddim agor y drôr,' meddai Julian.

'Dim rhyfedd,' meddai Mrs Pritchard. 'Mae o o dan glo. Mi feddyliais ar ôl i chi'ch dau fynd i'ch gwely y dylwn i 'i gloi o, gan fod wats aur Capten Humphreys yn werthfawr, a phobol ddiarth o gwmpas y pentre heno ... Os wyt ti'n poeni yn 'i chylch hi, Julian, mi a' i i nôl y 'goriad.' Brysiodd o'r stafell.

'Mi 'nawn ni banad,' meddai tad Ifan. 'Mae'r hogia 'ma mewn cyflwr o sioc.' Roedd y ddau yn llwyd ac yn hurt o hyd.

'Roeddan ni yng nghanol y dŵr,' meddai Ifan, 'ond mae'n dillad ni'n sych.'

'Diolch am hynny,' meddai'i dad. 'Mae sioc yn ddigon drwg, heb sôn am niwmonia.'

'Mr Pritchard,' gofynnodd Julian, 'be ddigwydd-odd i ŵr y dafarn ddaeth i ddiwedd go ryfedd?'

'O,' meddai Tom Pritchard, 'mi ddaru nhw 'i gael o wedi'i foddi ... ar lawr y parlwr 'ma. Dim amheuaeth am achos 'i farwolaeth; dim eglurhad 'chwaith.'

Daeth ei wraig i mewn efo'r allwedd, ac agor y drôr. Fferrodd am eiliad; yna ysgubodd y drôr â'i llaw, a chwilio i'r corneli. 'Dydyn nhw ddim yma. Maen nhw wedi mynd. Ond mi'u gwelis i nhw wrth gloi'r drôr! Dydw i ddim yn dallt.'

'Mi ddaethon nhw'n ôl amdanyn nhw,' meddai Ifan. Roedd arswyd a cherydd y storm yn drwm arno o hyd. Caeodd y dyfroedd drosto fo drachefn —'O! Ifan Pritchard, Ifan Pritchard, ddyn!'

Ciliodd y tonnau a'i adael yn benysgafn ar dir y rhai byw. Syllai'r oedolion yn syn arno. Doedden nhw ddim wedi clywed lleisiau'r môr. Nid y gyllell a'r wats yn unig oedd wedi tynnu'r meirw o'u cwsg aflonydd yn llaid y bae, ond Julian a fo efo'u ffraeo pitw.

'Ie,' meddai Julian yn dawel. Siaradai â llais bachgen, ond yn gadarnach nag o'r blaen ac wrth iddo edrych o'r naill oedolyn i'r llall roedd ei lygaid gleision yn dreiddgar fel llygaid hen longwr.

'Myfi Sy'n Magu'r Baban'

—Gwenno Hywyn

Roedd y crio'n uchel, yn fain, yn dorcalonnus, yn treiddio fel cyllyll miniog i'w hymennydd, yn atseinio y tu mewn i'w phen, yn brifo. Trodd ar ei hochr a thuriodd o dan y blancedi gan geisio'i anwybyddu.

'Dw i wedi blino,' meddyliodd. 'Isio cysgu, cysgu. O pam na chaeith y babi 'na'i geg? Pam nad adewith o lonydd imi gysgu?'

Roedd y crio main yn codi'n grescendo. Y sgrechiadau'n mynd yn uwch, yn fyrrach, yn fwy ingol. Turiodd hithau'n ddyfnach i feddalrwydd cynnes y gwely.

'Fedra i ddim codi,' meddyliodd. 'Efallai, os smalia i 'mod i'n cysgu, y daw nyrs i roi potel iddo fo a'i dawelu a'i droi o'n ôl yn fwndel bach annwyl. O pam na ddaw rhywun? Mi fydd o'n deffro pawb yn y ward.'

Y ward! Stopiodd ei meddwl yn stond a theimlodd bob gewyn yn ei chorff yn tynhau. Doedd hi ddim yn y ward! Roedd hi wedi gadael yr ysbyty y diwrnod hwnnw, wedi ffarwelio â'r mamau eraill gyda'u blodau a'u cardiau pinc a glas. Roedd hi wedi ffarwelio â'r nyrsys prysur, clên a gadael i'w thad roi ei fraich amdani a'i harwain allan i'r car. Roedd hi wedi syllu mewn syndod ar adeiladau'r dref, ar y caeau, ar ei chartref. Syndod bod popeth yr un fath, a hithau, wedi'r oriau diddiwedd o boen a rhwygo arteithiol y geni, mor wahanol—nid yn ferch fach i Dad a Mam, nid yn hogan ysgol ddi-bryder, ond yn fam. A rŵan, roedd hi gartref yn ei gwely ei hun yn ei llofft ei hun a'r crio'n llenwi'r lle, yn bowndian oddi ar y waliau, yn crafangu amdani, yn ei gwasgu.

Yn araf, gwthiodd y blancedi oddi ar ei hysgwyddau. Gan feddwl yn ofalus am bob symudiad, cododd ar ei heistedd a'i gorfodi ei hun i edrych ar draws y stafell ar y crud a safai wrth y ffenest. Doedd y llenni ddim wedi'u cau ac yng ngolau lamp y stryd gallai weld diferion glaw yn rhedeg i lawr y gwydr. Gallai glywed y gwynt a'r glaw hefyd erbyn meddwl er bod sŵn y crio'n dal i lenwi'r stafell. Llithrodd ei thraed o'r gwely, gwrandawodd am eiliad ac yna camodd yn hollol fwriadol ar draws y stafell. Safodd ac edrychodd i lawr. Roedd y crud, fel y gwyddai yn iawn, yn hollol wag.

A'r eiliad hwnnw, peidiodd y crio. Safodd Janice yn hollol lonydd. Roedd y distawrwydd yn llethol, y gwynt a'r glaw wedi peidio a dim i'w glywed ond ei hanadlu cyflym ei hun. Edrychodd o'i chwmpas. Roedd y stafell yn union fel y bu erioed. Ei llyfrau ysgol yn dal ar y ddesg wrth y drws, ei thedi yn dal i eistedd ar y bwrdd bach wrth y gwely, y posteri o grŵpiau roc yn dal ar y waliau a'r recordiau yn dal yn bentwr blêr yn y gornel. A'r unig beth i ddangos bod ei byd hi wedi newid am byth oedd y crud wrth y ffenest—y crud gwag a arhosai i Dylan a aned fis yn rhy gynnar dyfu'n ddigon cryf i adael yr ysbyty a dod adref i rannu llofft ei fam.

'Breuddwydio'r o'n i, mae'n rhaid,' meddai wrthi'i hun. 'Ac eto, mi fedrwn i daeru . . .'

Cerddodd yn gyflym at ddrws y llofft a'i agor. Roedd y tŷ'n ddistaw, ddistaw, bron fel pe bai'n dal ei wynt ac yn gwrando. O'r bachyn y tu ôl i'r drws estynnodd ei gŵn binc newydd a chan ei thynnu amdani sleifiodd i lawr y grisiau. Dau gam ac roedd hi'n sefyll wrth y ffôn a'i bysedd yn crynu wrth iddi ddeialu rhif yr ysbyty.

Ond roedd Dylan yn iawn, yn cysgu'n sownd ers oriau ac, wrth ddringo'r grisiau, ceisiodd Janice ymresymu â hi ei hun.

'Dychmygu'r o'n i. Poen meddwl y misoedd dwaetha yn deud arna i. Hynny a gwendid corfforol ar ôl y geni.'

Tynnodd ei gŵn binc ac wrth ei hongian ar y bachyn daeth gwên fechan i'w hwyneb. Cofiodd fel y daeth Mam a Dad adref o drip siopa i Landudno, eu breichiau'n orlawn o barseli. Clytiau, blancedi bychain, dillad babi 'a rhywbeth neis i'n babi ni', meddai Dad gan agor un o'r parseli ac estyn yr ŵn binc iddi. Dyna pryd y gwyddai eu bod wedi derbyn y peth o'r diwedd a'u bod, wedi'r wythnosau o wewyr meddwl, wedi penderfynu mwynhau bod yn daid a nain.

Doedd hi ddim wedi dweud wrthyn nhw nes bod rhaid, wrth gwrs. Doedd hi wedi dweud dim drwy'r wythnosau hir o obeithio bod popeth yn iawn, o'i melltithio'i hun am fod mor dwp, o gynefino'n araf ac yn boenus â'r syniad na allai sefyll ei Lefel A ac na allai freuddwydio am fynd i'r coleg yn yr hydref. Ac wedyn, pan aeth ei sgert ysgol yn anghyfforddus a'i blows yn dynn ar draws ei bronnau, daeth yr amser i ddweud.

Anghofiai hi fyth mo'u hwynebau.

'Pwy ydi'r hogyn?' oedd cwestiwn cyntaf Dad fel pe bai hynny o unrhyw bwys.

'Rhaid iti gael gwared ohono fo,' oedd ymateb Mam ond roedd hi'n rhy hwyr i hynny ac yn ddistaw bach roedd Janice yn falch. Wedi'r cwbl, doedd hi erioed wedi lladd cymaint â phry copyn ac nid ar y babi'r oedd y bai am y llanast.

Llithrodd i mewn i'r gwely a thynnodd y blancedi drosti. Rhyfedd iddi fod mor oer a hithau'n ganol y mis Awst brafiaf ers blynyddoedd.

'Fory,' meddyliodd, 'mi ga i wisgo bicini am y tro cyntaf eleni. Mi fydd hi'n braf ymlacio yn yr haul.'

Dratia! Roedd hi'n dechrau bwrw eto. Cododd ei phen. Oedd, roedd glaw yn hyrddio yn erbyn y ffenest. Roedd hi wedi codi'n wynt hefyd, mae'n rhaid.

'Storom Awst,' meddai wrthi'i hun gan setlo'n gyfforddus. 'Mi fydd wedi clirio erbyn y bore.'

Ac yna dechreuodd y crio. Crio main, undonog yn llenwi'r stafell ac yn rhwygo'i nerfau. Crio babi bach yn torri ei galon. Cododd Janice ar ei heistedd. Roedd hi'n gwybod nad oedd hi'n cysgu. Roedd hi'n gwybod bod y crud yn wag. Roedd hi'n gwybod bod Dylan yn iawn. Ond nid dychymyg oedd hyn. Roedd y crio mor fyw, mor real, yn union fel crio'r babanod newydd yn ward yr ysbyty. Na, nid yn union felly chwaith. Roedd hwn yn grio cryfach fel pe bai babi ychydig fisoedd oed mewn poen ofnadwy neu'n torri ei galon. Rhoddodd ei dwylo dros ei chlustiau i geisio cau'r sŵn allan ond âi'r crio ymlaen ac ymlaen ac ymlaen nes ei bod hithau'n teimlo sgrech yn codi y tu mewn iddi yn rhywle—yn codi, yn codi . . .

Ac yna newidiodd y sŵn. Trodd y crio yn sŵn tagu, yn riddfannau bach gyddfol, truenus. Ac yna distawrwydd. Dim i'w glywed ond sŵn y gwynt a'r glaw yn hyrddio yn erbyn ffenest y stafell oer.

Eisteddodd Janice yn syth yn ei gwely heb symud na llaw na throed nes daeth golau'r wawr. Rywbryd yn ystod y nos peidiodd y glaw, oherwydd pan gododd at y ffenest gwelodd awyr las glir. Dim ond bryd hynny y gallodd ymollwng i gysgu.

Deffrôdd i glywed llais ei mam.

'Tyrd i'r ardd i gael brecwast. Mae'n ddiwrnod braf eto a rhaid inni wneud yn fawr ohono fo. Mi fydd 'na ddigon i'w wneud yr wythnos nesa pan ddaw Dylan adra.'

Roedd hi'n hyfryd eistedd yn yr haul yn sipian coffi a sgwrsio. Teimlai Janice y cynhesrwydd yn treiddio i mewn iddi, yn llacio ei gewynnau tynn ac yn anwesu ei nerfau. Prin y gwrandawai ar ei mam yn sgwrsio am ei chynlluniau hi a Dad i fynd ar wyliau fis Tachwedd.

'Bydda siŵr, mi fydda i'n iawn,' atebodd yn gysglyd. 'Mi fydd Dylan yn dri mis oed erbyn hynny. Mi ddo i i ben yn iawn ar fy mhen fy hun.'

Suddodd yn is i'w chadair. 'Y storm effeithiodd arna i neithiwr, mae'n rhaid,' meddyliodd yn swrth gan glywed o bell ei mam yn codi ar ei thraed a dweud:

'Well imi ddyfrio dipyn. Mae'r pridd yn sych grimp. Tydi hi ddim wedi bwrw ers wythnosau.'

Y noson honno, wrth edrych yn ôl, doedd Janice ddim yn siŵr beth a ddigwyddodd wedyn. Roedd hi'n cofio eistedd yn y gegin yn crynu'n afreolus a'i mam yn gafael amdani'n dynn. Roedd hi'n cofio clywed y doctor yn cyrraedd ac yn siarad yn ddistaw â'i mam:

'Naturiol iawn . . . Wedi bod trwy bethau mawr . . . Iselder yn gyffredin iawn . . .'

A'i meddwl hithau'n gweiddi yn un sgrech hir, 'Dw i'n drysu! Dw i'n mynd o 'ngho'! Mi aeth Marged Tyddyn Canol i'r Seilam ar ôl cael babi. Dw i'n cracio . . .'

A phlethu ei gwefusau yn dynn ac yn denau, yn benderfynol o ddweud dim am y noson cynt rhag ofn iddyn nhw ei gyrru hi i ffwrdd.

Daeth y doctor i'r gegin a siarad yn garedig.

''Dach chi'n nerfus a phryderus,' meddai fo, 'ond mi fydd eich mam yn eich helpu chi efo'r babi. Dw i'n dallt bod hi'n mynd ar wyliau fis Tachwedd ond fyddwch chi ddim ar eich pen eich hun o gwbl tan hynny. Rŵan, sychwch eich dagrau ac ewch i eistedd yn yr haul.'

Ceisiodd Janice ei gorau i ufuddhau ac i ymlacio ond bob tro y caeai ei llygaid cofiai am y crio. Beth ar y ddaear oedd o? Roedd hi'n amlwg nad oedd Mam a Dad wedi ei glywed a feiddiai hi ddim sôn amdano. Beth a allai o fod? Roedd o mor fyw, yn union fel pe bai babi yn y stafell yn ei ladd ei hun yn crio. Ei ladd ei hun! Agorodd ei llygaid yn fawr. Ie, dyna a ddigwyddodd. Cofiodd fel y trodd y crio yn dagu ac yna tewi'n llwyr. Roedd y babi wedi marw! Rywsut gwyddai i sicrwydd mai dyna a ddigwyddodd. Am ryw reswm na allai ddirnad roedd hi wedi breuddwydio neu ddychmygu bod babi yn marw yn ei llofft hi. Neu efallai . . . Teimlodd fel pe bai rhywbeth yn ei tharo'n galed yn ei stumog gan beri iddi golli ei gwynt. Efallai mai *ysbryd* oedd o! Efallai rywbryd, flynyddoedd yn ôl, bod plentyn bach wedi marw yn y stafell a bod hithau neithiwr wedi clywed ei ysbryd! Ond na! Ysgydwodd ei phen a gorweddodd yn ôl. Doedd dim ffasiwn bethau ag ysbrydion. Mae'n rhaid mai ei gwendid hi oedd yn gyfrifol am y cyfan.

Erbyn y pnawn teimlai rywfaint yn well a gallodd fynd gyda'i mam i'r ysbyty i weld Dylan. Safodd yn hir yn edrych i lawr arno a dagrau'n llosgi y tu ôl i'w llygaid. Roedd o mor ddiniwed, mor ddiymadferth, mor ddibynnol.

'Del 'te,' meddai un o'r nyrsys wrth fynd heibio. 'Dw i wedi gweld ugeinia ohonyn nhw a dw i'n gwirioni bob tro. I feddwl bod 'na bobol yn medru eu brifo nhw!'

'Mi fydda i'n fam dda, Dylan,' addawodd Janice wrth roi ei llaw yn y crud a theimlo'r dwrn bach yn cau am ei bys. 'Pan ddoi di adra'r wythnos nesa mi edrycha i ar dy ôl di. Wna i ddim gweiddi arnat ti na cholli amynedd. Wna i ddim gadael iti grio. Cheith dim byd dy frifo di.'

Ac wedyn roedd hi'n gyda'r nos a Mam a Dad yn methu deall pam ei bod yn oedi cymaint cyn mynd i'r gwely.

'Tyrd, 'nghariad i. Rwyt ti wedi ymlâdd,' meddai'i mam o'r diwedd a'i harwain i fyny fel merch fach, ei gosod yn ei gwely a thynnu'r blancedi drosti. Gorweddodd Janice yn llonydd. Roedd arni ofn ymlacio. Clywodd leisiau ei rheini yn y llofft drws nesaf, clic eu golau yn diffodd ac yna distawrwydd. Roedd y stafell yn oer.

'O na, nid heno, plîs!' meddyliodd ond rywsut ni allai estyn at y lamp wrth ochr y gwely. Roedd ei braich yn gwrthod symud. O, roedd hi'n oer. Clywai sŵn y gwynt eto—nid gwynt Awst ond gwynt oer y gaeaf yn hyrddio glaw. Ac yna daeth y crio—y crio arteithiol, torcalonnus yn gwthio i'w hymennydd, yn tynnu wrth ei chalon. Heb iddi benderfynu gwneud dim, teimlodd ei phen yn codi a'i llygaid yn troi i gyfeiriad y crud. O'r arswyd! Roedd hi'n *gweld* heno! Roedd ochrau'r crud yn symud fel pe bai coesau bach yn cicio. Roedd dwrn bychan i'w weld yn chwifio. Ac roedd y crio'n chwyddo yn uwch, yn uwch, yn uwch.

A rŵan roedd rhywun arall yno! Ceisiodd droi i ffwrdd ond roedd hi fel pe bai wedi colli rheolaeth ar ei chorff. Roedd ei llygaid wedi eu hoelio ar y ffurf wrth y crud. Dynes mewn gwisg laes binc! Roedd hi'n plygu dros y crud. Roedd hi'n estyn ei dwylo. Ac roedd sŵn y crio yn newid, yn troi yn dagu, yn troi yn synau bach gyddfol, poenus, yn distewi. Roedd glaw oer y gaeaf yn taro'r ffenest ac roedd y ddynes yn dal i sefyll wrth y crud distaw, llonydd.

'Mae hi wedi ei ladd o!'

Neidiodd Janice o'i gwely ac yn araf trodd y ddynes ati. Gydag arswyd, syllodd Janice yn syth i'w hwyneb ei hun!

Tŷ'r Abad—Irma Chilton

Goleuodd Dic Wiliams y lamp olew a'i rhoi ar ganol y bwrdd derw hir oedd ar ganol neuadd y tŷ. Aeth i eistedd yn un o'r cadeiriau cefn uchel a safai o bobtu'r lle tân. Roedd o wedi cynnau tân coed er nad oedd y tywydd ddim yn oer. Ond roedd rhywbeth cyfeillgar yn sŵn clecian y fflamau a byddai'r gwres yn help i waredu'r oglau llaith a'r naws oeraidd a deimlodd pan gyrhaeddodd, rhyw awr ynghynt. Crwydrodd ei lygaid dros y waliau a'u paneli o dderw cerfiedig a llonyddu ar y tapestri enfawr ar y wal bella. Bobol bach, rhaid bod y lle 'ma'n werth miloedd. Teimlai'r gadair ddiglustog yn anghysurus, felly aeth allan i'r buarth i nôl ei sach gysgu o'r car. Crynodd wrth groesi'r trothwy yn ei ôl. Doedd dim llawer o groeso mewn tŷ a fu'n wag ers deufis. Cymhwysodd y sach dros gefn y gadair ac eistedd eto i ryfeddu at ei etifeddiaeth annisgwyl.

Prin ei fod o wedi cael amser i ddod dros ei syndod. Bore dydd Llun y derbyniodd o'r llythyr gan y cyfreithiwr yn gofyn iddo gysylltu ag o er mwyn dysgu rhywbeth 'fyddai er ei les'. Gan ei fod o wedi colli'i swydd fel athro Ymarfer Corff ym mis Gorffennaf ac wedi methu cael un arall, roedd amser yn sbâr ganddo a threfnodd apwyntiad ar gyfer prynhawn Mawrth; ddoe ddiwetha. A phryd hynny derbyniodd y newydd syfrdanol fod hen ewythr i'w fam, rhyw Eleazer Morgan, wedi marw a gadael ei holl eiddo iddo fo. Chlywodd o erioed sôn am yr hen fachgen ond fe'i sicrhawyd bod pob dim yn ddilys a'r ewyllys yn gwbl gyfreithlon.

'Does dim arian,' eglurodd Mr Baines, y cyfreithiwr, 'ond mae'r tŷ'n adeilad sylweddol ac mae'r cynnwys yn dod i chi hefyd. Ar ben hynny mae yno lain o dir ar lan yr afon sy wedi'i osod ar hyn o bryd i Mr Robert Elis, ffermwr cyfagos. Ei wraig o a ofalai am yr hen ŵr ac mae hi wedi dal yn ei blaen i lanhau ac i ofalu am y lle tra 'mod i'n chwilio amdanoch chi, y perchennog newydd.'

Gwenodd Dic. Fyddai o ddim yn berchennog am hir. Roedd o eisoes wedi penderfynu gwerthu'r lle —y tŷ a'i gynnwys a'r darn tir—a hynny gynted ag y gallai. Dyn tref oedd o heb unrhyw awydd mynd i fyw i gefn gwlad. Bwriodd ei fryd ar brynu siop chwaraeon yng Nghaerdydd; siop a fflat uwch ei phen i Siân a fo ymgartrefu ynddi. Byddai'n braf cael digon o arian i briodi ar ôl aros cyhyd.

Eglurodd ei fwriad wrth Mr Baines a chymeradwyodd hwnnw. 'Call iawn,' meddai, 'ond mae'n bosib y cewch chi drafferth i gael prynwr gan fod y tŷ mewn man anghysbell iawn. Does dim trydan a phur hen ffasiwn ydi'r cyfleusterau. Daw'r unig ddŵr sy yno o ffynnon yn y seler. Rhaid i mi gyfadde na fues i erioed yno—tipyn o feudwy oedd eich perthynas. Trefnwyd yr ewyllys drwy lythyr.'

Ochneidiodd Dic. Roedd rhyw ddrwg ym mhob caws. 'Ydi'r cyflenwad dŵr yn ddigonol?' gofynnodd.

'Hyd y gwn i, ydi,' atebodd Mr Baines. 'Yn ôl pob tebyg, dyna'r ffynnon fyddai'n cyflenwi dŵr glân i'r fynachlog yn ei dydd.'

'Mynachlog?' Gogleisiwyd chwilfrydedd Dic. 'Oes yno fynachlog?'

'Roedd yno fynachlog,' eglurodd Mr Baines, 'yn dyddio o'r nawfed ganrif. Pan ddaeth y Normaniaid aeth i ofal y Benedictiaid. Ffynnodd, nes iddi hi gael ei dymchwel gan filwyr Cromwel. Yn rhyfedd iawn, goroesodd raib Harri'r Wythfed. Am ei bod hi mewn lle mor ddiarffordd, mae'n debyg. Ta waeth, defnyddiwyd cerrig o'r hen fynachlog i godi'r tŷ. Tŷ'r Abad.'

'Tŷ'r Abad,' ailadroddodd Dic, yn gweld arwyddocâd i'r enw bellach. 'Oes stori ynghlwm wrtho tybed?'

'Os oes, chlywais i mohoni,' gwenodd Mr Baines. 'Fe wyddoch gymaint â mi bellach.'

Estynnodd allwedd fawr haearn i Dic, allwedd drws ffrynt Tŷ'r Abad. 'Fe fyddai'n bleser gen i eich cynorthwyo i werthu'r tŷ,' meddai, 'os dymunwch hynny.'

Cerddodd Dic o'r swyddfa a'i ben yn y cymylau. Chollodd o ddim amser cyn hel ei bethau a heddiw, dydd Mercher, roedd o wedi cychwyn yn fore iawn o Gaerdydd ac wedi gyrru'r holl ffordd i'r celcyn dirgel hwn ym mhlygiadau bryniau gorllewin Gwynedd.

Yn lle mynd ar ei union i Dŷ'r Abad, galwodd heibio i Robert Elis a'i wraig. Fyddai o ddim gwaeth o'i gyflwyno'i hun iddyn nhw a diolch i Mrs Elis am ei gofal o'r tŷ. Derbyniodd groeso caredig a mynnodd Mari Elis ei fod o'n aros i gymryd tamaid gyda nhw amser te.

Roedd hi'n synnu ei fod o'n bwriadu aros dros nos yn Nhŷ'r Abad ar ei ben ei hun. 'Hen le unig ydi o,' meddai. 'Croeso i chi dreulio noson yma gyda ni, rhag i'r cysgodion godi ofn arnoch,' ategodd yn hanner cellweirus.

'Mae ofn ei chysgod ei hun ar Mari wedi iddi hi dywyllu,' chwarddodd ei gŵr. 'Fe fu'r hen Forgan fyw yno am dros hanner canrif ar ei ben ei hun a ddaeth dim niwed iddo fo.'

'Roedd o'n hen,' oedd ateb criptig Mari.

Allai o ddim bod yn hen hanner canrif yn ôl, meddyliodd Dic, ond doedd o ddim am ymddangos yn anfoesgar trwy ddadlau â'i gymwynaswraig, felly ddywedodd o ddim. A nawr, ychydig oriau'n ddiweddarach a'r nos yn disgyn, roedd o'n eistedd fel arglwydd yn ei dŷ ei hun, yn ymhyfrydu yn ei eiddo. Roedd digon i ymhyfrydu ynddo. Câi ddigon o arian i fyw am flynyddoedd o werthu'r derw'n unig, heb sôn am y tapestri acw. Rhoddai casglwr o Americanwr filoedd ar filoedd o ddoleri er mwyn cael ei bump ar hwnnw.

Cododd a chymryd y lamp o'r bwrdd er mwyn astudio'r tapestri'n fanylach. Roedd yn hynod o gywrain. Doedd o'n gwybod dim am frodwaith ond doedd dim angen llawer o wybodaeth i ddeall bod hwn yn gampwaith. Ymddolennai'r afon yn las tywyll rhwng y bryniau a ffurfiai gefndir y llun, i lawr at flaen y llun lle troellai o gwmpas yr hen fynachlog. Yn ganolbwynt ac yn syfrdanol o drawiadol, roedd darlun o fynach; cawr o fynach yn sefyll a'i ddeutroed wedi'u plannu o bobtu'r

116

afon. Safai fel twr uwchben y fynachlog yn herio'r byd.

Cododd Dic y lamp yn uwch a thynnu'i fys dros amlinell y mynach. Llwyddodd y frodwraig i roi cymeriad iddo. Gŵr balch oedd a phob ystum yn gwadu'r wisg ddiymhongar a wisgai. Roedd yr wyneb yn gryf, yn haerllug bron. Hyd yn oed drwy gyfrwng pwythau gwlân roedd awdurdod i'w weld yn y llygaid tywyll ac roedd y tro dirmygus yn y wefus ucha fel llofnod o draha. Pwy oedd o, tybed?

Blinodd ar ddal y lamp. Estynnodd hi'n ôl i'r bwrdd ac eistedd eto. Syllodd i fflamau'r tân a breuddwydio. Teimlai'n gartrefol yma. Efallai na thrafferthai i werthu'r lle yn union. Fe fyddai'n ddelfrydol iddo fo a Siân dreulio mis mêl . . .

Cleciodd brigyn yn y tân a'i ddeffro o'i freuddwyd. Disgynnodd ei olwg ar y gadair gyferbyn ag o. Y nefoedd fawr! Cododd yn ei fraw. Roedd rhywun yno. Ond wrth iddo fo sefyll, ymestynnodd y cysgod a welsai'n hofran dros y gadair, nes cyffwrdd â'i gysgod o, yna toddodd i gysgodion y waliau. Wew! Y fath ryddhad! Eisteddodd eto. Doedd o ddim ond cysgod a daflwyd gan y fflamau. Fel roedd ffansi'n gallu twyllo dyn! Ond roedd Mari Elis wedi'i rybuddio. Lle drwg am gysgodion oedd hen dŷ.

Roedd y tân wedi marw rywfaint a chlywodd y stafell yn oer felly penderfynodd fynd i'w wely er nad oedd hi eto'n ddeg o'r gloch. Diffoddodd y lamp a chymryd fflachlamp i'w oleuo i'r llofft. Codai'r grisiau o'r neuadd a theimlai fel gŵr bonheddig wrth roi'i droed ar y gris cyntaf. Llewyrchodd pelydryn y golau o'i flaen a synnodd weld bod yno ddau gysgod, ei gysgod o a chysgod arall yn ymestyn o'i flaen, fel petai rhywun talach na fo yn cerdded y tu ôl iddo. Od! Er ei waethaf, bu'n gryn ymdrech iddo beidio â throi i edrych dros ei ysgwydd.

Wedi cyrraedd y landin eang, trodd i'r dde ac anelu am y stafell yr awgrymodd Mari Elis oedd mwyaf atebol iddo gysgu ynddi. Wrth agor y drws daeth hen deimlad rhyfedd drosto, fel petai rhywun yn y stafell eisoes yn disgwyl iddo ddod i mewn. Fflachiodd olau'r fflachlamp i'r chwith ac i'r dde a chwerthin pan welodd ddrych hir hen-ffasiwn yn ei wynebu a'i ffurf ei hun yn sbio'n betrus arno ohono.

Dringodd i'r gwely a chysgu'n dawel. Deffrôdd a haul y bore'n tywynnu'n gynnes ar ei wyneb. Cododd yn sionc gan edrych 'mlaen at archwilio trysorau'r tŷ yn fwy manwl heddiw. Bwriadai eu rhestru a'u disgrifio. Nes ymlaen, fe biciai i'r pentre a ffonio Siân. Byddai'n dda clywed ei llais hi a châi ofyn iddi chwilio am arbenigwr mewn hen bethau a'i ddanfon o yma er mwyn iddo brisio'r derw a'r dodrefn.

Ond brecwast yn gyntaf. Roedd arno archwaeth dda. Cymerodd fwced o'r gegin a chychwyn dros risiau'r seler i nôl dŵr o'r ffynnon. Cymerodd ei fflachlamp i oleuo'r ffordd. Doedd o ddim yn siŵr beth a ddisgwyliai yn y seler ond welodd o ddim. Roedd y seler yn hollol wag ac yn syndod o lân. Stafell wyngalchog sgwâr oedd hi gyda llawr o lechi a'r ffynnon yn diferu'n gyson yn y gornel

118

bella. Croesodd ati, rhoi'r fflachlamp i lawr ac estyn y bwced i'r dŵr. Wrth blygu, teimlodd gyffyrddiad oer ar ei ysgwydd, fel llaw o iâ yn gafael ynddo. Ymsythodd ac yn ei fraw gollyngodd y bwced.

Doedd neb yno wrth reswm. Drafft o rywle a'i ddaliodd ond roedd yr oerni'n dal ar ei ysgwydd, wedi treiddio drwy wlân trwchus ei bwlofyr ac i mewn at fêr ei esgyrn.

Cododd y bwced. Wrth blygu i'w roi yn y dŵr sylwodd ar ddau gysgod ar y wal o'i flaen; y ddau fel petaen nhw'n ymgiprys â'i gilydd ym mhelydryn y golau. Dau gysgod eto. A doedd dim yn y seler noeth i daflu cysgod heblaw amdano fo. Cododd y bwced llawn a brysio'n ôl dros y grisiau gan golli peth o'r dŵr dros ei draed yn ei ffwdan.

Wedi cyrraedd golau dydd barnodd ei fod o'n rhoi gormod o raff i'w ddychymyg. Rhaid bod yr unigrwydd yn chwarae ar ei nerfau. Penderfynodd ofyn i Siân ddod yno i fwrw'r penwythnos. Fe fyddai ganddi hi ddiddordeb yn y dodrefn ac fe fyddai'n hyfryd cael ei chwmni. Beth fyddai'i barn hi am y tapestri, tybed?

Wedi gwneud paned a chael ei frecwast teimlodd yn fwy sionc a dechreuodd ar ei waith yn y neuadd drwy archwilio'r paneli derw. Synnodd weld bod cerflun o'r mynach yn ganolbwynt i bob un. A'r un mynach oedd o bob tro, hwnnw a safai mor herfeiddiol yng nghanol y tapestri. Doedd dim posib camgymryd yr wyneb gormesgar hwnnw na'r tro unigryw yn y wefus ucha.

Wedi gorffen yn y neuadd, trodd ei sylw at y stafelloedd eraill. O bryd i'w gilydd, teimlai orfoledd yn ei lenwi wrth gofio mai fo, Dic Wiliams, oedd yn berchen ar y cyfan.

Treuliodd y bore'n ddifyr ac ar ôl byrbryd ganol dydd, dechreuodd yn y llyfrgell. Roedd y llyfrgell yn llai na'r stafelloedd eraill a doedd o ddim yn disgwyl bod yno'n hir. Roedd pob dim yn gwbl daclus a chyfri llyfrau oedd ei fwriad, nid eu darllen nhw. Doedd dim llawer o lyfrau, saith ar hugain a bod yn fanwl, ond roedden nhw'n gyfrolau trwchus a'u cloriau o ledr, rhai wedi'u treulio'n bur arw. Nododd rai o'r teitlau—*Liber Poenitalis*, *Malleus Maleficarum*, sylwadau Pythagoras ar Drawsfudiad yr Enaid. Bobol bach, mae'n rhaid bod yr hen Forgan yn dipyn o sgolor. Roedd golwg hen iawn ar y llyfrau a theimlai'n siŵr y câi bris da amdanyn nhw gan lyfrwerthwr a arbenigai mewn llyfrau prin. Sylwodd ar ddau femrwn hefyd, wedi'u rholio'n daclus a'u cadw ar un o'r silffoedd isaf. O ble cafodd yr hen fachgen y rheini tybed? Eu hetifeddu efallai. Ac yna yn ei dro, eu gadael iddo fo.

Mentrodd agor un o'r memrynau'n betrus. Doedd o ddim mor fregus ag y disgwyliai iddo fod a dadlapiodd yn hawdd. Aeth ag o draw at y ffenest a tharo golwg dros y cynnwys. Doedd o ddim yn hawdd i'w ddarllen; yr ysgrifen yn oraddurnol a'r orgraff yn ddieithr. Teimlai'n siomedig am ei fod yn Gymraeg. Fyddai hynny'n tynnu rhywbeth oddi ar ei werth o? Efallai ddim.

Wrth ymdrechu i'w ddarllen, llwyddodd i ddeall ambell air yma ac acw ond ddim digon i ddilyn yr ystyr. Ymddangosai fel rhestr o ryseitiau a rhai digon di-chwaeth hefyd. Llyfr meddygol oedd o, efallai. Cynyddodd ei ddiddordeb. Tynnodd gadair at y golau a dygnu yn ei flaen. Doedd y darluniau bach a dorrai ar draws yr ysgrifen yma ac acw o ddim help o gwbl iddo.

Erbyn iddo roi'r memrwn i lawr roedd yr haul wedi machlud ac yntau wedi anghofio pob dim am fynd i ffonio Siân. Aeth â'r ddau femrwn gydag o i'r neuadd i'w darllen wedi iddo fo gael ei swper.

Cynheuodd y tân yn gyntaf ac wedi brysio dros bryd syml o gawl tun wedi'i gynhesu ar y stôf fach a gariai ym mŵt y car, goleuodd y lamp. Tynnodd ei gadair at y bwrdd fel y gallai ledaenu'r memrynau o'i flaen o dan y golau.

Gan ei fod o wedi dechrau cynefino â'r ysgrifen a'r orgraff yn ystod y prynhawn, cafodd hi'n haws darllen a deall nawr. Nid ryseitiau ond rhestr o swynion oedd cynnwys y memrwn cyntaf. Swynion i godi'r diafol . . . ?

'Eesa, Oosa, gwtgam crwca, tyrd y gwas o'r twllwch eitha,' darllenodd.

Chwarddodd a gwthio'r memrwn o'r naill du'n ddiamynedd. Rhigymau plant oedd y swynion bondigrybwyll. Synnai fod gwŷr hyddysg, yn eu hoed a'u synnwyr, erioed wedi trafferthu â'r fath ofergoeledd.

Cododd yr ail femrwn. Roedd 'na farchnad i bethau esoterig o'r fath. Thalai hi ddim iddo fod yn ddiofal ohonyn nhw gan eu bod nhw'n ddilys, yn ôl pob golwg.

Er gwaetha'i anhygoeledd cerddodd ias dros ei groen pan ddaeth ar draws y frawddeg glir a digamsyniol, 'Heno, daeth fy ngwas ffyddlon ata i.'

Ffansïau niwlog gwallgofddyn oedden nhw wrth gwrs a doedd dim syndod i filwyr dogmatig Cromwel ddymchwel y fynachlog os mai dyma'r fath ffwlbri a âi ymlaen yno. Sgipiodd ddarnau hirion cyn darllen, 'Rhoddwyd gallu i mi y tu hwnt i allu brenhinoedd, nerth mwy na nerth arwr, gwybodaeth o holl gyfrinachau'r ddaear a'r nef. Dw i'n dduw ac yn fwy na duw. Dw i'n feistr ar dduwiau.'

Wew, roedd hwn yn mentro. Chlywodd Dic neb, yn grefyddol nac yn ddigrefydd, yn rhyfygu mor ddigywilydd.

Sgipiodd ddarnau hir eto, yn rhy ddiamynedd i ddarllen yn fanwl ac eto'n gyndyn o ollwng y memrwn cyn ei orffen. Wrth dynnu tua'r terfyn sylwodd fel roedd tôn yr awdur yn newid. Roedd o'n heneiddio ac wedi'r holl frolio ac ymffrostio daeth tro ar fyd. Roedd y gwas a fu mor ffyddlon iddo pan oedd yn ddyn yn ei nerth a'i gryfder wedi troi'n hy arno. Roedd o'n hawlio'i dâl am y ffafrau a rannodd; a hynny'n ddim llai nag enaid y mynach. Bygythiai'i brae yn ddidrugaredd ac arswydai Dic wrth ddarllen disgrifiadau hunllefus y truan wrth ddychmygu tân Uffern yn poethi i'w dderbyn a'r poenydau erchyll eraill oedd yn ei ddisgwyl unwaith y gollyngai'i afael ar ei enaid. Roedd y llawysgrifen erbyn hyn yn grynedig iawn naill ai oherwydd bod y corff yn hen ac yn fusgrell neu, efallai, oherwydd ofn.

Pe bai'r memrwn wedi gorffen yn y man hwnnw, fe fyddai Dic wedi gwenu'n drist ar hygoeledd y ddynolryw ac wedi mynd i'w wely'n dawel. Ond wnaeth o ddim. Roedd tua deg o linellau'n aros a'r llawysgrifen yn fwy cadarn. Darllenodd Dic yn ei flaen.

Roedd y mynach hwnnw'n amlwg yn ŵr cyfrwys, call a galluog. On'd oedd y diawl ei hun wedi bod yn athro iddo? Felly, a'r gosb eitha yn ei wynebu, tynnodd ar ei holl adnoddau meddyliol a chyn-llunio gwaredigaeth iddo'i hun . . .

Er ei fod o wedi hen flino, ailddeffrôdd chwilfrydedd Dic. Allai o ddim llai nag edmygu'r gwallgofddyn. A derbyn ei fod o'n ffŵl, roedd o'n gawr o ffŵl, yn mentro herio brenin Uffern . . .

'Gwisg ydi'r corff,' darllenodd, 'a phan fo gwisg yn treulio rhaid wrth wisg newydd.'

Ni allai ddehongli'r brawddegau nesaf ond allai neb gamgymryd y gorfoledd yn y frawddeg olaf oll, 'Bellach fe fydda i yma am byth.' Ymhle, tybed?

Aeth yn ei ôl i astudio'r brawddegau blaenorol yn fwy manwl ac o dipyn i beth dechreuodd wneud synnwyr ohonyn nhw. Roedd y mynach neu'r abad a farnai o'n ffŵl yn honni iddo ddarganfod sut i drosglwyddo enaid i gorff newydd ifanc pan fyddai'r hen gorff wedi treulio. Dyna sut oedd o'n dal i oroesi. Ond doedd o ddim, wrth reswm. Oedd o . . .?

Doedd y fath beth ddim yn bosib. Oedd o? Roedd synnwyr Dic yn gwegian erbyn hyn. Tros-

glwyddo enaid o un corff i un arall! Na, doedd o
ddim yn bosib. Nonsens gŵr wedi gwallgofi oedd y
cyfan. Ond penderfynodd beidio ag aros yn Nhŷ'r
Abad y noson honno. Roedd yr hanes wedi gafael
ynddo a doedd o ddim yn dda i ddyn dreulio
gormod o amser ar ei ben ei hun yn pendroni yng
nghanol cysgodion. Fe yrrai draw i fferm Robert
Elis. Roedd Mari wedi cynnig llety iddo. Cofiodd
am rywbeth arall a ddywedodd hi hefyd . . . beth
oedd o . . . wrth sôn am ei hen ewythr . . .? 'Roedd
o'n hen ddyn.' Roedd mwy o arwyddocâd i'r sylw
hwnnw wedi iddo ddarllen y memrwn.

Cododd yn benderfynol. Sylwodd o ddim ar y
cysgod yn codi o'r gadair y tu ôl iddo ac yn
cofleidio'i gysgod yntau nes bod y ddau yn toddi
i'w gilydd gan adael dim ond un cysgod yn ymestyn
o'i flaen. Diffoddodd y lamp ac yng ngolau'i fflach-
lamp cychwynnodd am y drws. Ond pan ddaeth i
waelod y grisiau, troi i'r llofft a wnaeth yn lle mynd
allan at y car.

Aeth i'w wely a chysgu. Deffrôdd yn y bore yn
llawn hoen ac egni. Teimlai'n barod at waith y
dydd. Cafodd gip arno fo'i hun yn y drych cyn
mynd i lawr am ei frecwast—a thynnu'i fys dros y
tro yn ei wefus ucha, y tro balch hwnnw oedd yn
nodweddiadol o etifeddion Tŷ'r Abad.

Culhaodd ei lygaid wrth iddo wenu'n gyfrwys.
Roedd yn ddiogel am gyfnod eto!